文庫

招かれた女

赤川次郎

中央公論新社

目次

招かれた女

第一章　輪　郭

1

　じめじめとして底冷えのする、神経痛には最悪の朝だった。雨はやっと明けがたに止《や》んだが、分厚い雲からは一条の光も洩《も》れては来ない。

「夜より暗い感じの朝ですね」

　若い谷内《たにうち》刑事が空を見上げて言った。——時々、急に詩人になるのが谷内の悪い癖《くせ》だ、と宮本《みやもと》は思った。徹夜の張込《はりこ》みなのに一向にばてた様子もなく、そんなことを言っていられる若さが、宮本には気に入らなかったのである。

「奴《やつ》は確かに中にいるのか？」

　宮本のぶっきら棒な口調にもまるで気付かない様子で、谷内は得意げに笑った。

「間違いありません。裏口はないし、窓はあの正面ですからね」

「ふむ……。見られやしなかったろうな？」

「この距離ですよ。それにゆうべはずっと雨で——」

「分った、分った」

宮本は遮《さえぎ》って、「一緒の女は？」

「なじみのホステスだったようですね。二時ごろ店を出て、ここへしけ込んだんです」

二人が立っているのは、ごみごみとした旅館街——いわゆる連れ込み宿が並ぶ通りの、電柱の陰である。腕時計を見ると、六時を少し回ったところだった。

「踏み込みますか？」

と谷内は訊《き》いた。

「まあ、急ぐなよ」

宮本はコートの襟《えり》を立てて、首をすくめた。十一月の朝。しばらく暖かい日が続いた後だけに、寒さはこたえた。若い連中に任しておけばよかった、と悔やんだが、もう手遅れだ。膝《ひざ》が痛み出さないように祈るだけだな、と思った。

そのためにも早く踏み込んだほうがよい。それはよく分っていたが、谷内のペースでやるのが面白くないので、わざと遅らせているのだった。

「よし」

宮本は肯《うなず》いた。「行くぞ」

「はい」

谷内が力強く歩き出す。何しろハリキリボーイなのだ。宮本は、谷内の大股《おおまた》な歩き方に慌てて足を速めながらため息をついた。

「おい、そう急ぐなよ」

「え?――あ、すみません」

「相手は空を飛んできゃしない」

と宮本は渋い顔で言った。

ごく当たり前の日本家屋で、ちょっと見には旅館とも分らない。〈お泊まり三千円……〉という看板も、字がかすれかけていた。

玄関口へ、石の踏み段を上がろうとして、宮本は膝に刺《さ》すような痛みを感じた。不意のことで、思わず、

「うっ!」

と声を上げて体がかしいだ。

「宮本さん!　大丈夫ですか?」

と支えようとする谷内の手を払いのけて、

「大丈夫だ!　放っといてくれ!」

と腹立たしげに怒鳴《どな》った。

「ならいいですけど……」

宮本は痛む膝を手で包むようにして、そろそろと体を起こした。まだまだ、若い奴の前

で弱みを見せてたまるか！

「――もう大丈夫。さあ、行こう」

「はい」

谷内は何か言いかけたが、口をつぐんで、玄関へ歩いて行き、格子戸《こうしど》を静かに開けた。

早朝だから、むろん誰《だれ》も出ては来ない。谷内は、土間のわきにあるブザーを押《お》した。

――中は静まり返っている。

「こんな所が商売になるんですねえ」

「男と女がいる限りはな」

宮本はそっと傍の壁にもたれた。まだ膝がかなり痛む。

「今の若いのは、大体ホテルへ行くんじゃないですか」

と谷内が言った。「高いけど、やっぱりムードはありますからねえ」

「そうかな。……お前、ホテルへ女と行ったりするのか？」

「ええ、フィアンセがいるもんですから」

と谷内はいともあっさり肯いた。宮本は呆気《あっけ》に取られて谷内を見た。

「しかし……結婚前にそんな所へ行って、よく向こうの親が黙ってるな」

「相性をよく確かめてから結婚したほうが間違いないですしね。それにどうせ二か月後には式を挙げるつもりなんで」

「ふーん」

宮本は何とも言うべき言葉がなかった。宮本にも高校生の娘がいる。それがもう五、六年もすると谷内のようなのとホテルへ行ったりするのだろうか？

奥から、どてらをはおった老人がのっそりと姿を現わした。宮本たちを一目見て刑事と分ったらしい。いやな顔を露《あら》わにして、

「何ですね？」

と訊いた。谷内が警察手帳をチラリとのぞかせて、

「客に用があるんだ。ちょっと邪魔する」

と低い声で言った。老人は肩をすくめて、のそのそと奥へ引き返して行く。

「行きましょうか」

「うむ」

土間から上がろうとして、再び膝の痛みに体を折った。

「宮本さん！……ここにいてください。僕が行って連れて来ますから」

宮本はためらったが、この痛みようでは、二階へ上がって行くのはとても無理だと分っていた。

「じゃ、頼むぞ。俺はここで待ってる」

「任せてくださいよ」

谷内は軽く片目をつぶって見せて、階段を軽い足取りで上がって行った。宮本は、

「気を付けろよ」

と声をかけたが、谷内には聞こえなかったろう。宮本は上がり口に腰をおろして、ため息をついた。——年々、この痛みがひどくなる。このままでは仕事にも差し支《つか》えそうだ。その時はどうなる？　一線を退いて、事務職にでも回されるのだろうか？

いや、そうなればまだいい。

「人手がだぶついてるんでねえ。君には気の毒だと思うが……」

課長の言葉が、もう耳元で聞こえるような気がした。

宮本は、警視庁捜査一課に、もう二十年以上籍を置いている。刑事としても最古参の一人だ。生来の頑固《がんこ》さと、人付き合いの悪さ、一徹さで、出世とは縁がなかったが、口やかましいわりには、若い刑事たちに頼りにされ、慕《した》われていた。

宮本自身、こうしていつまでも現役にいることが楽しかったたし、別に不満もなかったが、やはり年齢だけはどうしようもなく、一年一年の重みを加えて来る。二年前からの、この膝の痛みは、次第に同僚たちにも隠しおおせないようになっていた。治療に通うにも時間がなく、不規則な通院では効果は望めなかった。

「俺もガタが来たな……」

玄関の上がり口で、宮本がいまいましげに呟《つぶや》いた時、突然銃声が耳を打った。一瞬、

凝然《ぎょうぜん》として、身動きもならなかった。あれは何だ？　銃声？　本当に銃声だったのか？　空耳《そらみみ》だったのではないのか……。

静寂が戻ってみると、本当に銃声がしたのかどうか、自信が持てなくなっている自分に気付いた。

「谷内！　どうした！」

思い切り叫んでみる。返事はなかった。女の悲鳴が聞こえた。

「谷内――」

顔から血の気がひいた。谷内が発砲するはずはない。すると相手が銃を持っていたのだ。予想もしていなかったことだ。急いで上がろうとして、玄関の方でドサッと何か重い物の落ちる音がした。咄嗟《とっさ》に向きを変え、玄関から飛び出す。

白ワイシャツに黒いズボンの男が、裸足《はだし》のままで駆《か》け出すところだった。

「待て！」

宮本は怒鳴った。夢中で男の後を追って街路を走り出したが、二十メートルと行かない内に、無情な痛みが足を引きつらせる。

「畜生《ちくしょう》！　こいつめ！」

足をひきひき、走っても、相手は死にもの狂いだ。どんどん離されてしまう。宮本は拳銃を抜いて、空へ向けて一発撃った。だが、相手の足は早まりこそすれ、緩みはしなかった。

「止まれ！　撃つぞ！」

宮本は片膝をついて、両手で拳銃を構えた。足を狙《ねら》うには離れすぎている。負傷させても仕方ない。宮本は狙いをつけた。何が起こったのか、宮本には分らなかった。不意に逃げる男の行く手を遮るように大型トラックが飛び出して来た。男は足を止められなかった。白いワイシャツが、トラックの車輪の下へ巻き込まれ、ブレーキが鋭くきしんだ。

——男は即死だった。

「いきなり飛び込んで来やがったんで。本当ですぜ」

トラックの運転手は情けない顔で宮本に訴えた。

「分ってるよ。——一一〇番して来てくれないか」

「え、ええ、いいですとも」

運転手が慌てて公衆電話を捜しに行ってしまうと、ちょうど近くの交番の巡査が駆けつけて来た。

「ここを見ていてくれ」

と頼んで、宮本は急いで旅館へ取って返した。谷内のことが気がかりだったのだ。

痛む膝を一方の手で押さえるようにしながら二階へ上がってみると、狭い廊下に谷内が倒れていた。腹を撃ち抜かれて、出血がひどい。もう虫の息だった。部屋の中では、裸の女が、布団《ふとん》を抱きしめて泣いていた。


谷内の葬儀の日は、暖かい、快晴の小春日和《びより》だった。

空気が乾いているせいか、宮本の膝もまったく痛まなかった。――あの朝がこんな日だったら。宮本は歯ぎしりする思いで、焼香《しょうこう》の列に加わっていた。

「――あ、課長」

背後で声が起こった。振り向くと、捜査一課長の山際《やまぎわ》が足早にやって来たところだった。

「課長、お忙しいのに……」

宮本が言うと、山際は無表情のまま、

「上司の義務だからな」

と低い声で言うと、目を赤く泣きはらした谷内の両親の前へ進んで行き、深々と頭を垂れた。――何を話しているのか、宮本には聞き取れなかったが、山際は説得力のある男だ。山際に詫《わ》びられたら、却《かえ》って相手のほうが申し訳ないような気になってきてしまう。

ご子息の不慮《ふりょ》の死は上司たる私の責任で――と言えば、どんな両親だって、いいえ、とんでもない、そんな……とつい返事をしてしまうに違いないのだ。

宮本に焼香の番が回って来た。読経《どきょう》の声が流れる中を、

「失礼します」

と前へ出た宮本は、仏前に正座すると、遺影へ両手を合わせた。

「やめてよ！」

突然、女の甲高《かんだか》い声が満座の重苦しさを突き破った。頭を半《なか》ばめぐらした。宮本は、燃えるような憎しみの目にぶつかってたじろいだ。女が自分に向かって叫んだのだと、やっと気付いた。
二十二、三歳か。現代っ子らしく、大柄な娘だ。太っているというのではなく、すらりと背が高い感じだった。面長の、額《ひたい》の広い、いかにもお嬢さん育ちという顔だちだったが、もともとが穏やかな面差《おもざ》しが、怒りにこわばって、印象的な黒い眼が射すように宮本を凝視《ぎょうし》しているさまは、一段と迫るものがあった。
「あなたが貴夫《たかお》さんを死なせたのね」

彼女は続けて言った。宮本は谷内の名が貴夫というのだったか、と思い出し、同時に思い当たった。これが谷内の言っていたフィアンセなのに違いない。

「どうして貴夫さん一人で行かせたんですか！　危ないことは若い者に押しつけて、自分は安全な所に隠れてるのが、警察のやり方なんですか！」

声を震わせながら、娘は言った。宮本は、顔から血の気がひくのを感じた。周囲は静まり返って、娘の気迫に押されたのか、口を挟む者もない。

「貴夫さんはまだこれからだったのに……。二か月したら結婚することになっていたのに……。あなたが死ねばよかったんだわ！」

娘が手に握りしめていた数珠《じゅず》の糸が切れて、珠《たま》がこぼれ落ちる。目から涙を溢《あふ》れさせ、

「死ねばよかったのよ！」

と叫ぶなり、娘は手の中の珠を宮本へ向かって投げつけた。珠が胸や腕にパラパラと当たって、畳へ散る。

――娘は泣き伏《ふ》した。

宮本はやり切れない思いだった。確かに、あの時一緒に行かなかった手落ちは責められても仕方ない。神経痛のためという言い訳は通用しないだろう。しかし、相手は単なる重要参考人だった。それが拳銃を持っているなどとは、とても予測できなかったのだ。むろん、少しでもその可能性があれば、宮本は他に応援を仰《あお》いだろう。

娘の非難は、ある意味では正当だったが、宮本にしても、貴重な部下を失った悔しさは同じだ。娘に手をついて詫びるまでの気持ちにはなれなかった。

宮本は、山際課長が何か言ってくれるものと期待して顔を向けた。そして愕然《がくぜん》とした。宮本と視線が合うと、山際はすっと横を向いてしまったのである。

これはどういうことだ？　課長は一体何のつもりなんだ？

「爽子《さわこ》さん、まあ、落ち着いて。ね」

娘の肩を抱きかかえるようにして慰めたのは谷内の母親だった。爽子と呼ばれた娘は泣き濡《ぬ》れた顔をもう一度上げると、

「帰って！　帰りなさい！」

と宮本に向かって叫んだ。——とてもこれでは焼香できそうにない。宮本はそう判断して、遺族へ一礼すると、立ち上がった。

表へ出ると、急に肩を叩《たた》く者がある。

「今の、殉職《じゅんしょく》した刑事さんの婚約者でしょう？」

といきなり訊いて来たのは、見たことのある記者だ。

「俺は知らないよ」

宮本は歩き出した。相手も一緒に歩きながら、

「彼女の非難に対して反論は？」

「何とも言えんよ」

「つまり正当な非難だと認めるんですね？」

「そんなことは言っていない」

「じゃどうなんです？　二人一組で行動していながら、どうしてあなた一人が下で待ってたんですか？」

宮本は無視することに決めて、ずんずん歩いて行ったが、相手も負けずに食いついて来

た。

「――二人なら、あの刑事さんも死なずにすんだかもしれませんね？　どちらも死なずに犯人を逮捕できたかも」

記者はべらべらと早口にまくし立てる。

「犯人がダンプにひき殺された時、どれくらい後ろにいたんですか？　一発撃ったそうですね。警告しましたか？　警官を殺した奴だから、いきなり撃ったって噂《うわさ》もあるんですがね」

宮本は苛立《いらだ》ちを抑《おさ》えきれなくなっていた。あの娘の非難に課長が何ら口を挟もうとしなかったのは、新聞記者が耳をそばだてているのを知っていたからに違いない、と宮本は読んでいた。谷内の死、そして犯人の死が宮本一人の責任であると言いたかったのだろう……。

宮本は、腹を血に染めて、苦しげに息をついていた谷内の姿を思い起こした。記者が、

「殉職した刑事さんに対して責任を感じますか？　それとも仕事だから仕方ないと？」

と訊いて来た。

宮本はやおら記者の方へ向き直ると、記者の顎《あご》へ拳《こぶし》を叩きつけた。

2

「あの……」

爽子はおずおずと声をかけた。相手には何も聞こえていないようだった。ためらった挙句、もう一度、

「すみませんけど……」

と声をかけてみる。――間《ま》を置いて、やっと相手が振り向いた。

もうずいぶん前から、爽子はその男を見ていたのだった。大学時代の友人と一年ぶりに会って、話が弾《はず》み、この喫茶店へ入って来た。

――日曜日の新宿の地下街。人出はまったくうんざりするほどで、比較的空《す》いているこの店を見つけるまでに、たっぷり五軒の店を覗《のぞ》いて来た。

そしてミックスサンドイッチをつまみながらの話は後から後へととめどもなく続いたのだが……。その男に気付いたのは、友人がトイレへ立った間だった。水を一口、口をしめして店の中を見渡し、へえ、こんな店だったの、とは、熱中ぶりも相当なものである。

席はもうすっかり埋まっていて、話し声が群れをなして飛び交っているようだ。どこも男女のカップルで、でなければ爽子たちのように女同士。大して重要なことを話しているわけでもあるまいに、何時間でも粘っている。店のほうでも、コーヒー代を高くしなくて

は割が合わないわけだ。

その男に目が止まったのは、一人でポツンと席に座ったまま、誰かを待っているという風でもなく、ぼんやりとさめ切ったコーヒーを時々思い出したようにすすっているのが、周囲から浮き上がって見えたからだった。

五十歳前後か、くたびれたレインコートを、これもかなり年季の入った背広の上に着込んで、どう見ても、うだつの上がらない中小企業のサラリーマンという感じだった。生活の疲労がつやのない頰《ほお》に漂って、白髪の混じった髪の生《は》えぎわは少し後退しかかっている。

なぜか、爽子はその男から目を離すことができなかった。――どこかで見たことがある。知人、というのではないが、写真で見たのか、それともただの通りすがりにか、ともかく、見た顔だという気がしてならなかった。

お待たせ、と友人が戻って来て、また二人のおしゃべりは始まったのだが、爽子は、その男のことが頭の隅に引っかかって、前ほど話に身が入らなかった。つい、チラチラと男を見てしまう。誰だったろう？　どこで見かけたのだろうか……。

「どうしたの、爽子」

友人が爽子の様子に気付いて言った。

「え？」

「何だかさっきからうわの空で。――誰かいるの？」

「ううん……。ちょっと、ね。あそこに一人で座ってる男の人、いるでしょう?」

「え?――ああ、あの何だか薄汚れた感じの?」

「そう。何となく見憶《みおぼ》えがあるのよ」

爽子は額にしわを寄せて考え込んだ。「どこで会ったのかなあ……」

「何かあまり人相が良くないわね」

と友人はあっさり言った。「あんまり見ないほうがいいわよ。からまれたりしたら大変だから」

とやくざ扱いしている。爽子は笑って、

「そうね」

と肯いた。――その瞬間、思い出したのだった。

「もうこんな時間なのね。行かなきゃ」

と立ち上がる友人へ、

「私、ちょっと電話しなきゃいけないの。ここで失礼するわ」

と爽子は言った。

「あら、そう? じゃお金……」

私が払うから、いえ、そんなわけにいかないわ、と押し問答がやや続いて、結局爽子が払うことで決着し、爽子は一人、店に残った。そしてたっぷり五分以上、迷いに迷ってから声をかけた。

男はけげんな顔で、

「何か？」

と訊いた。爽子のことを思い出した様子もない。爽子はためらった。このまま「人違いでした」と言ってしまおうか。それでいいではないか。何も好んで相手に思い出させる必要はない……。

「どなたでしたか？」

相手は無表情な声で重ねて訊いて来た。

「私、布川《ぬのかわ》爽子といいます」

そう言ってから、少し間を置いて、「谷内さんの婚約者でした」

と言った。男の顔に、一瞬、複雑な思いが走ったように見えた。

「あの時の刑事さんですね。宮本さんとおっしゃった……」

「元、刑事ですよ」

宮本は呟くように言った。

「知っています。——警察をお辞めになったと、新聞で見ました」

「クビになったんですよ。ご満足でしょう。あの後勤めた会社は潰《つぶ》れるし、クビでは現役時代のコネもきかず、何か月も失業者の暮らしですよ。この立派な身なりでもお分りのようにね。女房は娘を連れて実家へ帰ってしまったし、何も言うことはありませんよ」

宮本の口調には少しも憤りがこもっていなかった。総《すべ》てを諦《あきら》め切ったような宮本の無気力な様子がなおさら爽子の胸を痛めた。

「一度……お詫びしたいと思っていました」

爽子は顔を伏せた。——宮本はしばらく黙りこくっていたが、やがて思いがけず低く笑った。

「ま、かけませんか」

爽子は向かいの席に腰をおろした。宮本は、

「タバコ、持ってますか?」

と訊いた。爽子は肯いて、ハンドバッグから、半分ほどになったマイルド・セブンを出してテーブルに置いた。宮本は一本抜くと、マッチを探すようにポケットへ手を突っ込んだ。爽子が細身のダンヒルの火をさし出すと、宮本はちょっと当惑したような顔で彼女を見てから、くわえたタバコを火へかざした。

爽子は、宮本が、いかにも旨《うま》そうに煙を吐き出すのを見て、彼がしばらくタバコから離れていたのだろうと察した。

「よろしかったら……どうぞ」

と残りのタバコを差し出すと、宮本は、

「ありがとう」

と、それをポケットへねじ込んだ。「——いや、今、ひどいことを言ってすみませんでしたね。あなたが責任を感じることはありません。あれは事実、私の失態だったし、クビになったのも、記者を殴り倒したからです」

「でも、それもやはり私があんなことを口走ったから——」

「いや、正直、私はあなたに腹を立てたことはありませんよ。腹が立ったのは少しも私をかばってくれなかった課長と、あの記者とです。今だって会えば殴ってやりたい」

そう言ってから、ちょっと唇の端で笑って、

「そして私自身にもね」

「でも、やはり私、気にかかっていて……。本当に申し訳ありませんでした」

と爽子は頭を下げた。

「あなたが怒ったのは当然です。私がもし誰かの酔っ払い運転で妻を殺されたら、きっとそいつを半死半生の目にあわせていたでしょうな」

「そうおっしゃっていただくと……。でも、何か私にできることがあれば……」

「何か？」

「ええ——今、仕事をお探しでしたら、私の父があちこちに知り合いがいますから。お怒りになるかもしれませんけど……」

「いや、それはありがたい」

宮本はほっと息をついた。「そうお願いできたら、女房と娘も戻って来るんですが」

「それなら、ぜひお力にならせてください！」

と爽子は勢い込んで言った。

「そうですな……。こんな時に見栄《みえ》を張っても仕方ない」

宮本は笑顔になった。爽子がふと心を動かされるような笑顔だった。宮本はちょっとためらって、

「もう一つお願いしていいですか？」

「私にできることでしたら」

宮本は照れくさそうに頭をかいた。

「実はここのコーヒー代を払ってもらいたいんです。ポケットに五百円札があると思い込んでたのが、すっからかんでね。百円ほどコーヒー代に足らないんですよ」

「ええ、もちろん」

爽子は微笑《ほほえ》んだ。「――何ならもう一杯、いかがですか？」

「そう――それじゃいただきましょうか」

と宮本は肯いた。爽子はウエイトレスを呼んで、コーヒーを二つ、注文した。

「やあ、お待たせしましたね」

という声に、顔を上げて、爽子は思わず、

「まあ、見違えましたわ」

と言った。新調の背広で現われた宮本が、まるで別人のように見えたのである。

「どうも、おかげさまで」

宮本はくすぐったいような顔になった。

「あなたのお父さんに支度金までいただきましてね。やっと人並に戻った気分ですよ」

「じゃ参りましょうか」

爽子はタクシーを拾って、上野の美術館へ向かった。——宮本と、あの喫茶店で出会ってから一週間たっていた。

宮本は爽子の父の紹介で、ある倉庫会社の警備主任の地位につけることになった。爽子にとっては、半年来の重荷をおろしたようで、いつになくいい気分であった。

「美術展の会場とは、また妙な場所で会うことにしたもんですね」

と宮本は言った。新しい雇主になる倉庫会社の社長に引き合わされることになっているのである。

「その人のお嬢さんは高校からのお友だちなんです。彼女が絵の勉強をしていて、今度その美術展で佳作になったもんですから、お父さんも見に来られてるんですわ」

「なるほど。そういうことですか」

と宮本は肯いた。——爽子は窓の外、明るい春の陽射《ひざ》しに照らされる街路樹の緑を眺めていたが、その内、ふと思い出したように、

「宮本さん、奥様とお嬢さんは？」

「ああ、アパートを決めしだい戻って来るはずですよ」

「よかったですね」

爽子はほっと息をついた。

「まったく妙なもんですな。私は愛妻家でもないし、子煩悩《こぼんのう》でもないんです。家にいると、『うるさい』『やかましい』と叱りつけてばかりいたんですが、いざ一人になってみると、何とも寂しいんですよ。夜が長くてね……」

宮本はしみじみと言った。

タクシーは美術館の前に停《と》まった。宮本がタクシー代を払った。

「私が……」

と爽子が言うのを止めて、

「ま、年寄りに恥をかかせないでください」

と宮本はニヤリとした。爽子は宮本の言う通りにすることにした。

美術展はなかなかの盛況だった。宮本は物珍しげに壁一杯に並ぶ絵を眺めている。

「宮本さん、ここで待ってらしてください」

と爽子は言った。「探してここへお連れしますから」

「いいですよ。私は絵を眺めてますから」

「絵のご趣味がおありですの？」

「いや、何が何だか分らんところが面白い」

と宮本は真面目《まじめ》な顔で肯いて見せた。

爽子は、迷路のような通路を、〈順路〉と書かれた矢印通りに、急ぎ足で辿《たど》って行った。

見慣れた顔が、裸婦のブロンズ像を見上げていた。

「淳子《じゅんこ》」

と声をかけると、その娘は振り向いて、

「爽子！　よく来てくれたわね！」

と駆け寄って来た。轟《とどろき》淳子は、爽子よりだいぶ小柄で、一緒にいると妹のように見える。むろん同年齢で気のおけない親友同士だ。

「入選おめでとう」

「入選っていっても——」

淳子は不服そうに、「佳作じゃあね」

「いいじゃないの。佳作に残る人なんて、ほんのごく一部でしょう」

「それにしたってさ、頭に来ちゃうのよねえ」

淳子はいささか、べらんめえ口調の癖がある。

「何が？」

「絵の世界なんて人脈と金脈なのよ。誰それ先生のお弟子さん、とか、何とか大先生のご令息の絵なんていうと、絵も見ないで入選って決まっちゃうのよ」

「ひどいわねえ。本当なの？」

「もちろんよ！　審査員の先生たちなんて、もう最初から投票する絵は決まってるんだもの。そこへ、まるでそういうコネのない人が絵を持ち込んだってだめなのよ」

「でも、それじゃますます大したもんじゃないの」

「ま、そうね。――選ぶほうも、少しはそういう絵を入れとかないと、後であれこれ言われると思ってんじゃない？」

「本来なら入賞してもいいわけね」

「もちろん！」

とぐっと胸を張って言ってから、淳子は笑って、「それは分らないけど。ともかく見てよ」

と爽子を促す。二人は一緒に歩き出した。

「お父さんはみえてる？」

と爽子が訊いた。

「え？――あ、そうだったわね。ええ、来てるわ。ブツブツ文句を言いながら、私の絵の写真を撮《と》ろうとして注意されたりしてるのよ」

「しばらくお目にかかってないわ」

「相変わらずよ」

と淳子はあっさり片付ける。「ほら、あそこで。――誰かと話してるみたいね。呼んで来ようか」

「いいの。待ってるから。あなたの絵はどれ？」

「そこの、ほら風景画よ」

「へえ！……いいじゃないの、力強くて」

「そう？　褒められると悪い気はしないもんね」

と淳子はニヤニヤしている。

「この絵は入選なの？」

爽子は隣りの絵に目を移して言った。割合にありふれた感じの肖像画だった。

「そうなのよ。私に言わせりゃ、まるで習作だわ」

と淳子が苦々しい口調で言う。

「〈作・沼原昭子《ぬまはらあきこ》〉か……。例の大先生のコネの口なの？」

「大先生というより大商人ね」

「商人？　画商のこと？」

「そう。一流の画商は、一流の画家に劣らず勢力を持ってるわ。いえ、それ以上ね。どんな巨匠も、その地位に上がるまでは画商の世話になってるんだから」

「そんなに凄いもんなの」

と爽子は感心して言った。

「この沼原昭子っていうのはね、中路《なかみち》って画商の愛人なのよ」

「へえ！　大したものね」

「しっ」

と淳子が声を低くして、「噂をすれば、だわ。あの女よ」

爽子はそっと頭をめぐらした。――二十四、五歳の女が、ほとんど悪趣味といってもいいような、真っ赤なスーツを着てやって来た。美人には違いないが、人の反感をかう性質の美しさだ。しかも、他人のことなど眼中にないという高慢さを隠そうともしていない。

一緒にいるのは、これまた尊大ぶった初老の男で、すでに六十近いだろうと思えるのに、てらてらと脂《あぶら》ぎった感じで、その小さな目と共に、どこか蛇を連想させた。

女のほうは肝心《かんじん》の絵には目もくれず、さっさと歩いて行きかけたが、画商はふと淳子に気付いて、

「ちょっと待ってくれ」

と沼原昭子へ声をかけ、「――轟淳子さんだね？」

と足早に近付いて来た。淳子は面食《めんく》らった様子で、

「え、ええ。そうです」

「佳作入選、おめでとう。わしは画商の中路という者だ」

「はあ……」

「君の絵は、実にいい」

と中路は淳子の絵の方へその小さな目を向けて、「悪くないよ。将来性がある」

「ありがとうございます」

「もう誰かに売る契約をしたのかね？」

淳子は目を丸くして、首を振った。

「いいえ、全然」

「じゃ、わしが買い取ってもかまわんね？」

淳子は物も言えない様子で、ただコックリ肯くだけだった。

「今後君の絵は総てわしに見せてくれたまえ。けっして悪いようにはしない」

「は、はい……」

中路はポケットから名刺を出し、

「今度、一度わしの店へ来てくれ。ただ留守にしていることが多いから、予《あらかじ》め電話をしてから来てくれたまえ」

「……分りました」

「じゃ、また会おう」

中路はさっさと行ってしまった。爽子は、沼原昭子が険しい目でじっと淳子の方を見ているのに気付いていた。

「——ああ、びっくりした」

淳子は手にした名刺を、まるで木の葉にでも変わるんじゃないかと疑うように眺めた。

「凄いじゃないの、大画商に目を付けられるなんて」

「そうねえ……。まあ、確かに相当力のある人だから」

「将来性があるって見抜いたのよ。頑張んなくっちゃ！」

淳子は微笑んで、

「そうね。でも、沼原昭子みたいになるのはごめんだわ」

「まさか！　そうそう、手を出したりはしないでしょう」

そこへ、

「やあ、待たせたね」

と、淳子の父親がやって来た。

「ごぶさたいたしまして」

「いや、どうも。相変わらずきれいだね。淳子みたいにいつも絵具だらけになっとるのとはわけが違う」

　轟はずんぐりと小太りの体型で、社長というより商店のおやじという感じの、気さくな人柄である。

「失礼ね！」

　と淳子はふくれて見せ、絵が画商に買い取られることになったと話した。

「そいつは大したもんだ！」

　と轟は目を丸くした。

「それより、お父さん、爽子とお話があるんでしょ」

「おお、そうだった。――その人は来てるのかね？」

「ええ、入口の所に。どうも無理をお願いして」

「いや、こっちも信用できる男がいなくて、困ってたのさ。元警官なら安心だ」

　三人は順路を逆に辿って、入口へと戻って行った。

「あら、どこに行ったのかしら？」

　宮本の姿が見えないので、爽子がキョロキョロしていると、

「やあ、すみません」

と宮本が外へ出ていたのか、入口から入って来た。

——爽子は宮本を轟へ紹介し、後は二人が仕事の話をするのに任せることにした。

「なかなか渋くていい男じゃないの」

と淳子がそっと爽子へ言った。

「いい人なのよ。きっと、ちゃんと働いてくれると思うわ」

「でも、爽子」

「何?」

「あなたもそろそろ恋人、見付けなさいよ」

爽子は黙って微笑んだ。


「赤いスーツの女?」

爽子はコーヒーカップを持った手を止めて訊き返した。

「ええ。目に止まりませんでしたか?」

と宮本は言った。

「あの……初老の紳士と一緒だった女性ですか?」

「そうです。男のほうはなかなか抜け目のなさそうな。ちょうど……」

「蛇みたいな?」

「そうそう、まさにその通りですよ」

と宮本は愉快そうに言った。

爽子と宮本は、爽子の父と待ち合わせるために、ホテルのラウンジに来ていた。

「その女の人なら……ええと、沼原昭子というんですわ」

「沼原昭子！　やはりそうか」

宮本は深く息をつきながら言った。「――ご存知ですか、あの女を？」

「いえ、友だちに聞いたんです」

爽子が、沼原昭子と中路という画商のことを説明すると、宮本はゆっくり肯いた。

「なるほど。出世したものだな」

「あの女性を知ってるんですか？」

「ええ……。あの事件のときに」

「あの事件って？」

「谷内君が死んだ、あの事件です」

爽子は椅子《いす》に座り直した。

「話してください。――確か女学生が殺された事件でしたわね？」

「そうです」

と宮本は肯いて、腕時計を見た。「まだ大分時間はある。いいでしょう、お話ししますよ」

　宮本は少し考えをまとめるように間を置いて話し始めた。

3

　現場へ着いた時、やっと少し陽が雲の合間から射し始めたが、昨晩の雨で、空気は冷たく湿っていた。

　小さな公園――それでも入口の所には、〈××児童遊園〉とあったが――は、制服の警官や、白手袋をした刑事たち、白衣の男たちで埋まっていた。

「やあ、宮本さん」

　谷内がちょっと手を上げて、やって来た。

「遅くなってすまん」

「いや、僕もついさっき来たんです」

「えらく冷えるな」

「まったくですね」

「死体は？」

「あのトイレの裏側です。――身許《みもと》は分りましたよ。鞄《かばん》に生徒手帳がありましたからね」

「学生か」

「中学三年生ですよ」

「中学生？——何てことだ」

「どうも、あまり真面目な生徒ではなかったようです。鞄の中に口紅だの化粧品が入っていました」

「やれやれ。親へは？」

「さっき連絡しました。飛んで来るでしょう」

宮本は谷内に促されて、ブロック造りのトイレの裏側へ回った。

「ひどいな」

思わず宮本の口から呟きが洩れた。——中学三年といえば十五歳か。それにしては成熟した体だった。自分の高校生の娘のことを考えれば不思議はないが。

はぎ取られた衣服が散乱していて、被害者の少女は全裸だった。その肌が、まるで赤い布をまとったように見えるのは、全身の傷口から流れ出た夥《おびただ》しい血のせいだった。

死体の上にかがみ込んでいた男が、ゆっくり顔を上げて、

「やあ、ご苦労さん」

と言った。検死官の加藤だ。

「どうです？」

「変質者だろうね。刺されてるのは少なくとも十二か所」

「暴行されてる？」

「さあ、この状態じゃ調べようがないな」

「かなり遊んでる娘《こ》のようですな」

「らしいね。どうしてわざわざ自分をだめにするような真似《まね》をするのかな」

宮本は表へ回った。谷内が学生鞄を手に立っていた。

「通報したのは？」

「近所のお年寄りですよ」

「どうしてこんな寒い朝に――」

「飼ってた猫がなかなか戻って来なかったので、捜しに出て見付けたんです」

「なるほど。それであんな裏側まで覗いたわけか」

宮本は肯いた。

「びっくり仰天して一一〇番したってわけですね」

「その鞄を見せてくれ」

宮本は谷内から学生鞄を受け取ると、中を調べかけて、ふと、「――で、見付かったのか？」

「え？」

「猫だよ」

「ああ。……そういえば腕に抱いてましたからね。見付かったんじゃないですか」

「そいつはよかった」

鞄の中には教科書やノートが整然とおさまっていた。そして化粧品を入れたビニールケース。宮本は赤い小さな手帳を見付けた。

「何か書いてありますか?」

と谷内が覗き込む。

「うん……。予定表というか、約束のメモだな」

「昨晩のメモがありますか?」

「今、見てるとこだよ」

宮本は日程のページをめくった。「八時、〈リオ〉とあるな……」

「店の名ですね。喫茶店か何かかな」

「どうかな。電話帳で当たってくれ」

「分りました」

「たぶん売春でもしていたんじゃないかな。その客の中に妙なのがいて……」

「中学生でねえ」

と谷内は首を振った。「一体親は何をしてるんでしょう?」

宮本は黙っていた。自分も娘の生活をどこまで知っているか。万一、娘が非行に走ったとして、それを父親たる自分は気付くだろうか？——ほとんど毎日、数えるほどしか口もきかず、たまの休日も、一緒に出かけるでもない。そういえば、この前、家族で旅行したのは、何年前のことだろうか……。

公園の外では、事件を聞きつけた近所のかみさん連中がひそひそと言葉を交わしている。新聞記者やTV局のカメラマンもやって来て、公園はごった返し始めた。

巡査が一人、宮本の方へ走って来た。

「被害者の両親が来ています」

「そうか……。今行く」

宮本はため息をついて、「いやな仕事だな、まったく」

と谷内へグチった。

「僕が行きましょうか？」

「いや、いいよ。俺のほうが慣れてる」

宮本は公園の入口の方へ歩き出した。これから展開する愁嘆場《しゅうたんば》を思うと、足取りも重くなりがちだった。

「現場近くに〈リオ〉って喫茶店はありません」

谷内がメモを手に言った。「一番近い店でも、タクシーで二十分近くかかる所です」

「ふむ。ま、喫茶店とは限らんさ」

「そうでしょうか?」

「売春ならなおさらだ。そんな人目のある所で待ち合わせはすまい」

「それならこれかな……。現場から歩いて七、八分の所に洋装店が一軒あるんですがね」

「それらしいな。行ってみよう」

女性の服ばかり売っている華やかな店に、むさくるしい男が二人で入って行くのはいささか気がひけた。けげんな顔の女店員に用件を説明すると、

「ちょっとお待ちを」

と慌てて店の奥へ駆け込んで行った。少しして、四十歳前後の女性が姿を見せる。

「私がこの店の経営者です。警察の方とか?」

宮本が用件をもう一度説明すると、

「まあ、そうですか! ええ、事件のことは新聞で見ましたわ。そんなに近くだったとは存じませんでした」

「殺された少女は、八時にこの店の前で、相手と待ち合わせたらしいんです。お心当たりはありませんか?」

「まあ……。でも残念ですけど、この店は七時に閉めてしまうもんですから、八時には私も帰ってしまっていますわ」

「ずいぶん早くお閉めになるんですね」

「この辺は繁華街というわけじゃありませんもの。会社なんかが多いものですから、もう六時過ぎはすっかり寂しくなってしまうんですよ」

「そうですか」

空振《からぶ》りである。——二人は洋装店を出た。

「どうも目撃者は望み薄ですね」

と谷内が言った。

「そうとも限らん」

「他の店も当たってみますか?」

「そうだな。店の前、ということは、このショーウインドウの前で待ってたんだろう。ここが目に入る位置にある会社や店は全部当たってみるんだ」

宮本と谷内は、道路の向かい側に並ぶ店や会社を一つ一つ当たったが、結局どこも八時には閉めてしまっており、誰一人少女を見た者はなかった。

「むだ骨でしたね」

宮本は腕時計を見て、

「そろそろ五時か。——おい、どこかで晩飯を食おう。それから八時まで時間を潰すんだ」

「どうするんです？」

「八時にここへ来てみるのさ。何かつかめるかもしれん」

「分りました」

谷内はニヤリと笑った。「粘りますね、宮本さん」

「当たり前だ」

二人は駅前のにぎやかなあたりへ出て中華料理を食べ、喫茶店へ入ったり、本屋をぶらついたりして時間を潰した。七時半を過ぎて、あの洋装店へと戻ってみると、確かにあの店主の女性の言った通りで、あたりはまるで真夜中のようにうら寂しい。

「これじゃ目撃者はいそうもないですねえ」

「まったくだな」

洋装店のショーウインドウはずっと明かりをつけてあるらしく、その前だけが、ポカッと明るい。人目を避けて待ち合わせるには格好の場所だ。

「どうします？」

「仕方ないな」

宮本は肩をすくめて言った。「帰るさ」

二人が駅の方へ歩きかけると、向こうから、若い女が歩いて来た。肩から絵の道具らしい箱を下げ、手にはスケッチブックを持っている。なかなかの美人だ。

女は二人とすれ違うと、道路を渡って、洋装店のちょうど真向かいのビルの前で立ち止まった。何をするのかと宮本たちが見ていると、彼女はスケッチブックから何枚かの絵を取り出し、セロテープでビルのシャッターへ貼りつけ始めた。

「似顔絵描きですね」

「そうらしい」

二人は顔を見合わせ、それから、その女の方へと歩き出した。

「ちょっと失礼」

と宮本が声をかけると、女はジロリと一瞥《いちべつ》して、

「何か？」

「警察の者なんだが……」

「あら、いいじゃないの、似顔絵ぐらい描いたって」

「もちろん構わんよ。ただ、ちょっと訊きたいことがあってね」

「何かしら？」

「実はね――。いや、ともかく一枚描いてもらおうか」

「あなたを？」

「いかんかね？」

「いいえ。――一枚千円よ」

「結構だ。君、名前は？」

「沼原昭子」

　とスケッチブックに炭を走らせながら答える。

「この場所へはよく来るのかね？」

「時々ね。いつもじゃないけど」

「昨夜は？」

「ええ、ここにいたわ。どうして？」

「何時ごろからいたんだね？」

「今日より少し早かったかな。たぶん七時半くらいよ」

　宮本は事件のことを説明した。沼原昭子はふっと手を止めて、

「あの向かいの店の前で、八時、という約束だったらしい。気付かなかったかね？」

　沼原昭子はすぐには答えなかった。黙ってまた宮本の顔を描き続けた。

「まあ！　それじゃ——」

「——はい、出来上がり」

「ありがとう。——へえ、俺もなかなかロマンスグレーだな」

　谷内が覗き込んで、

「千円取るから修整してあるんですよ」

とからかった。宮本の出した千円札を受け取ると、沼原昭子は、

「その女の子なら見たわ」

と言った。

「確かに？」

「セーラー服に鞄を持った子でしょ？」

「そうだよ。男は見なかったかい？」

「ずっと見てたわ」

「ずっと？」

「男のほうは八時より前から来てたわね。ずいぶん待ちぼうけを食わされてたんじゃないの。女の子が来たのは……そうね。八時半にはなってたはずよ」

「で、二人ですぐにどこかへ行ったのかい？」

「ええ。あっちへ歩いて行ったわね」

沼原昭子が目で示したのは、現場の公園の方向だった。

「どんな男だったか憶えてるかい？」

と宮本は訊いた。――沼原昭子はクスッと笑って、

「もう一枚、絵を買ってくれる？」

「絵を？」

「その男を描いたスケッチがあるの」

宮本と谷内は思わず顔を見合わせた。

「そいつはぜひほしいね！」

「千円払ってくれる？」

「いいとも」

沼原昭子は後ろの、シャッターに貼りつけてある絵の中から一枚はがすと、

「これよ」

と宮本の方へ差し出した。――まだ若い男で、どことなくくずれた印象を与える顔だった。

「若いね」

「ええ。二十三、四ってとこかな。ちょっとグレた感じでね」

「頼まれて描いたのかい？」

「そうじゃないわよ。ここはね、九時ごろになると駅前で一杯やった人たちが帰って来るんで人通りがあるんだけど、それまではほとんど誰も通らないの。で、あんまり暇だったもんでね、あそこにボソッと突っ立ってる男を描いたってわけよ」

「こいつは助かるよ。まったくありがたい！　これを早速写真に撮らせて当たらせよう」

「千円払ってくれる？」

「ああ、そうだったな」

宮本はチラッと谷内を見た。「おい、今度はお前払え」

「はい」

谷内は苦笑いしながら財布を出した。宮本はシャッターにまだズラリと貼ってある絵を眺めながら、

「あれはみんな勝手に描いた口なのかい？」

「それもあるし、頼まれて描いても、『オレはもっと二枚目だ』って怒って買っていかない人もいるの」

「楽じゃないね。――学生さん？」

「美術学校に通ってるんだけど、田舎《いなか》からの仕送りだけじゃやって行けないのよ」

「大変だねえ。まあ、頑張りなさいよ。それじゃ、君のことをきかせてくれ」

宮本は手帳を取り出した。


「どうしたんですか？」

と爽子が訊いた。――宮本が急にぼんやりと話を中断して考え込んでしまったのだ。

「あ、いや――すみません。ちょっとね」

「何だか心ここにあらずって感じでしたけど」

「思い出してたんですよ」

「あ、分った。あの沼原昭子って人が美人だったからでしょう」

「からかっちゃいけませんよ」

と宮本は笑った。「それにあの時はまだどこか垢抜《あかぬ》けのしない、学生っぽい娘でしたからね。今日もずいぶん考えましたよ。確かに見た顔だけど、一体誰だったろう、ってね」

「でもそんなに様子が変わって、よく分りましたね」

「商売柄ですな。刑事ってのは人の顔を憶えるのも商売の内でしてね。自然にそういう癖がついてるんです」

「それで、その似顔絵の男があの――」

「ええ、谷内君を撃った三島《みしま》という男なんです。刑事の中で彼のことを知ってたのがいましてね、すぐに分ったんですよ。前に覚醒剤の不法所持で挙げられたことがあって、大体出入りする所も分ってた。ただ、住所が定まらない男なんで、捜すのにちょっと手間取りましたが、あるバーのマスターから、奴がホステスと連れ込みへ行ったと連絡を受けたんです。それで谷内君と早速その旅館を張りに出かけたわけですが……」

「本人も追われているのを知ってたんでしょうか？」

「さあ、それは分りません。――いや、実はね、こんなことを今さら言っても始まらないんですが……」

「何がですか?」

「つまりね、私は今でもどうもあの件はスッキリ片付いたとは思えないんですよ」

「というと……」

「いや、確かに三島って奴はかなりのぐうたらで、女から女へとヒモになって食ってたような奴なんです。しかし、そういう男が、あの変質的な犯行を犯すというのは、何となくピッタリ来ないんですよ。分りますか?

変質者というのは、むしろ普段は至って真面目で、何の変哲もない平凡な勤め人とか、そういう手合いのほうが多いんです」

「おっしゃること、何となくですけど、分るような気がします」

と爽子は肯いた。

「三島が死んで、例の女学生殺しも片付いてしまったわけですが……私は今でも何か胸の中で引っかかるものがあるんです」

「つまり、三島が犯人でない、と?」

「――ええ。直感的にはそう思えるんです。それに、後で調べると、三島は谷内君が踏み込んだ時、上衣《うわぎ》のポケットにヘロインの袋を持ってたんです。奴にしてみれば、それを見つけられたら大変だという気もあったでしょうし、それならいきなり発砲したのも分らないでもない。つまり逃げたからといって、三島が女学生殺しの犯人だったとは限らないという気がするんですよ」

「じゃ……沼原昭子が嘘《うそ》をついたとおっしゃるんですか？」

「いや、そうとは限りません。実際、三島はあそこへ行ったのかもしれない。しかし客としてでなく、仲介としてだったら」

「仲介？　売春のですか？」

「ええ、あいつならそんなことはやりかねない。何にでも手を出す男でしたからね。だから肝心の客は他の所で待っていたのかもしれません」

「それじゃ、その犯人はまだ野放しのままで……」

「いや、これは私の個人的な考えですからね、あまり気にしないでください」

と宮本は軽い口調に戻って言った。そこへ、

「やあ、待たせたね」

と、爽子の父、布川晃一《こういち》が急ぎ足でやって来た。「今、出がけに轟君から電話をもらいましたよ。とても頼りにできそうな人で、いい人を紹介してくれたと感謝されました」

「恐縮です。精一杯勤めますよ」

「じゃ、今夜は一つ宮本さんの第二の人生を祝して——」

「お父さんは飲む口実がほしいだけじゃないの」

爽子が言うと、布川は人の好さそうな顔を微妙に歪めて、

「いいじゃないか、たまには」

「お医者様から止められてるくせに」

「たくさん飲んじゃいかんと言われているだけさ」

「じゃ私がついてて、見張ってあげるわ」

「やれやれ、何だか女房が若返って来たみたいですよ」

「仲がよろしいことで。……ところで、布川さん」

「何です？」

「私が警官だったことはご承知のようですが、やめた時の事情については、轟さんはご存知なんでしょうか？」

「ええ、実は、さっきの電話で訊かれましたのでね、一部始終を話しておきました。あちらも、そういうことならまったく心配はないと言っていましたよ」

「それを伺って安心しました」

と宮本は言った。轟が何も訊かなかっただけに、気になっていたのだ。

「じゃ、一つ出かけますかな」

と布川は席を立った。「しゃぶしゃぶでもどうです？　旨い店があるんですよ」

久しぶりの酒で、頬がいつになくほてっていた。宮本は布川親子と別れて、一人住まいのボロアパートへ帰るべく、地下鉄の駅へと歩いていた。

まったく、気のいい人たちだ。俺は運がいい。宮本はつくづく思った。——早く広いアパートへ移って、また家族三人で暮らせるようにしよう……。

駅のホームは思いのほか、込み合っていた。ラッシュも波があって、八時ごろはいったん空くが、この九時前後という時間には、また少し混雑してくるのだ。

それにしても——宮本は、どうも、さっきから気になって仕方のないことがあった。

爽子に事件の話をしていて、ふっと考え込んでしまったのは——。まったく妙な話なのだが、あの時、沼原昭子がビルのシャッターに貼りつけていた何枚かの「売れなかった」似顔絵……。それを一瞬、宮本は思い出したのだ。半年も前に、しかも何気なく眺めただけの何枚かの絵の顔を思い出すなど、ちょっと考えられないことだが、そこはやはり刑事としての習性だろう。それに、凶悪犯の手配書などで、比較的似顔絵というものになじんでいたせいもあったかもしれない。

ともかく、一瞬の後には、そのいくつかの顔は宮本の記憶から消え去ってしまったのだが、その瞬間に、その顔の中に、宮本は自分の見知った顔を見つけたような気がしたのである。——それがどんな顔だったのか、男か女かも分らない。ただ、おや、と思ったその印象だけが残っているのだ。

もどかしいような思いで、宮本は頭を振った。何とか思い出そうとするのだが、追いかければ追いかけるほど、それは遠い闇の中へ逃げ込んで行く。

思い過ごしだ。宮本はそう思おうとした。しかし、どうしてもふっ切れない。――どこかで見た顔だ。それもごく最近に……。

電車が入って来た。宮本はもっとホームの真ん中へ行こうと歩き出した。

突然、誰かの手が宮本の背を押した。歩きかけていた足がもつれて、宮本は転倒した。あっと思った時はレールの上に落ちていた。

誰かが悲鳴を上げた。

4

「あら、宮本さん、その傷は？」

爽子が見るなり言った。宮本はてれくさそうに額のバンソウコウに手をやって、

「いや、ちょっと転んじまいましてね」

「まあ危ない。気を付けてくださいね」

「大丈夫ですよ。――今日はわざわざ？」

「宮本さんの初出勤の仕事ぶりを見にね」

爽子は、見上げるような高さの倉庫をまぶしげに仰いで、「これ全部、轟さんのものなのかしら？」

「ええ。これ一つじゃありません。この裏側にも同じものがもう一つあるんです。大変な規模ですよ」

　二人は、フォークリフトが忙しげに往《ゆ》き来する間を縫って歩いていた。

「でも、さすがよくお似合いですね」

と爽子は言った。宮本は警備員の、紺の制服に、警官のような帽子までかぶっていた。

「何だかてれくさいですよ」

と宮本は笑った。「しかし、何かこう、しっかりしなきゃいけない、といった気分にさせられるのは事実ですがね」

「でも貫禄あるわ、本当に」

「見回るだけでも大変です。何しろ広いし、中がまた複雑な造りになってましてね」

「ただ荷物が積んであるだけじゃないんですか？」

「そう簡単にはいかないんです。荷の種類、重さ、大きさ、配送先、期間、それぞれでちゃんと区別されて、ベルトコンベヤーで仕分けされてるんですよ」

「へえ！　凄いんですね」

「荷主からどれどれの荷を出してくれと言われたら、すぐにサッと出せなくちゃいけませんからね。どこに置いたかな、なんて捜してたら丸一日はかかります」

「私なんか自分の部屋の中でだって、しょっ中失くし物をしてますわ」

と爽子は笑った。「――アパートは見つかりまして？」

「ええ、ちょうど手ごろなのがね。ここからも割に近いので、決めようと思ってます」

「よかったわ。――お仕事、夜勤もあるんですか？」

「週に二度は泊まり込みです。しかし刑事時代もそれくらいは――いや、それ以上に帰らないことが多かったですからね。それに比べりゃ、今度の仕事のほうが、よほどはっきりしていてましですよ」

「今夜は夜勤？」

「いえ、明日からです。今日の所は一応の様子を頭へ入れるだけで手一杯ですよ」

二人は、もう一つの棟《むね》の入口の前まで来ていた。

「じゃ、私、ここで失礼しますわ。頑張ってくださいね」

にっこりと笑って、足早に去って行く爽子の後ろ姿を見送って、宮本はふっと微笑んだ。

「主任！」

と呼びかける声に振り向くと、若い警備員の八代《やしろ》だった。えらく元気のいい若者で、宮本は会った時、谷内のことを連想したものだ。

「どうした？」

「今の女性、誰です？　美人ですねえ」

「ちょっとした知り合いさ――何かあったのか？」

「防犯ベルをチェックしました。三か所、故障してましたよ」

「やれやれ。早く見付けてよかった」

「まったくですね。何しろ主任のポストがまるまる一か月も空《あ》いてたもんですから……。消火関係のほうもチェックしたほうがよさそうですね」

「ああ、そいつはすぐやってくれ。故障箇所は今日中に修理させろ」

「分りました」

第二倉庫の入口の方へ歩きながら、宮本は言った。

「俺は警官上がりだから、つい口調も乱暴になるかもしれん。気にしないでくれよ」

「なあに、構やしません。はっきり、ああしろこうしろと言われるほうがいいですからね。一番困るのは文句ばかり言って、本当は何をやらせたいのか分らない上役ですよ」

「若いのがみんな君のように考えてくれると、われわれ年寄りはやりやすくていいんだがね」

宮本は八代の肩を軽く叩いた。「さて、こっちのシステムについて、もう一度説明してくれないか」

――五時には作業を終え、一応六時に倉庫は閉められる。宮本は第一日目を終えて、ホッとした気分で当直用の出入口から、暗くなりかけた表へ出た。

「そのうち、一杯やりませんか」

と八代が声をかけて来る。

「そうだな、落ち着いたらぜひ付き合うよ」

「でも主任は元気ですねえ。あれだけ歩き回って、ちっともへばらないんだから」

「刑事時代に足だけは鍛えてあるからな」

とは言ったものの、宮本も改めて、もう膝もまったく痛まなくなっていることに気付いた。警察を辞めた後の、明日の暮らしまで心配しなくてはならない生活の中で、不思議に膝の痛みが消えてしまったのだ。——人間、追いつめられると丈夫になるものなのかな、と宮本は思って苦笑した。

「あれ。誰だろう?」

と八代が声を上げた。

「何だい?」

「ほら、何だかえらくカッコイイ女がいますよ」

赤い車にもたれて、女が立っていた。それはまるで新車のポスターから抜け出て来たようで、女は黒い皮のコートをはおって、車に物憂《ものう》げにもたれかかって、タバコを喫《す》っている。

「へえ、キザな女だなあ! でも美人じゃないですか。ねえ、そう思いませんか?」

「さあね」

今さら、そんな若い女を見て感激する年齢《とし》でもない。宮本は曖昧《あいまい》に笑って見せたが……。

「待てよ……」

女の方へ近付くにつれ、宮本の胸に、もしや、という思いが広がった。
五、六メートルの所まで来た時、女が二人の方を見た。——やはりそうか。
沼原昭子はじっと宮本を見つめていたが、やがてタバコを足下へ投げ捨てると、

「私を憶えてる、刑事さん?」

「もう私は刑事じゃないよ」

「そうらしいわね。ちょっとお話があるんだけど。……時間あるかしら?」

「ああ、いいよ」

宮本は、呆気に取られている八代へ、「悪いけど、ここで」

と手を振って、沼原昭子に促されるままに車に乗り込んだ。

「いい車だね。外車か」

「ええ。フォードだから、そう高くはないけど」

と車を動かしながら言った。「私の車ったって、中路が買ってくれたのよ」

「美術展で一緒にいた男?」

「ええ。私のパトロンなのよ」

「出世したじゃないか、似顔絵描きから」

「もうつくづくいや気がさしたのよ、あんなことをやってるのに。で、手っ取り早く中路に近付いたわけ。——美術展で、すぐ私のこと、分った?」

「ちょっとは考えたがね」

「さすがは刑事さんね。私はただ何だかどこかで見た人だな、と思っただけ。夜になってから思い出したわ」

「それで私に何の用だね?——いや、それより、私があそこへ勤めてるのがよく分ったな」

「警察へ電話して訊いたのよ、あなたのこと。それで初めて刑事を辞めたって知ったわ。それから住所を教えてもらって、そこで引越し先を聞いて、そこへ行って、あの倉庫に勤めてるって分ったのよ」

「刑事顔負けだな」

と宮本は笑った。「それほどまでして、私を追いかけ回すとは、どういうわけだい?」

「ちょっと微妙な話なのよ。——夕食を付き合ってくれる?」

「おい、待ってくれ。何しろ私は今日から勤め始めたばかりでね、まだ給料ももらってない」

「そんな心配しないで。どうせ中路の金なんだから、私がおごるわけじゃないもの」

と投げ出すような口調だ。

「あまり面白くないような口調だね」

「あんな年寄りに抱かれて、誰が面白いもんですか」

沼原昭子はずけずけと物を言う。「じゃ、いいわね、食事。別に用もないんでしょ?」

「分った。じゃ、ごちそうになろう」

宮本にとっても、願ってもない機会であった。——胸につかえている、あの妙なモヤモヤをはっきりさせておきたい。


「私、刑事さんに嘘をついたわ」

と沼原昭子は言った。——青山の、ごく静かなレストランだった。時間が早いせいか、客の姿もまばらだ。

食事の間は、気ままな噂話や、互いの話に終始したが、意外だったのは、沼原昭子が外見ほどには変わっていないという印象を受けたことだった。

確かに、学生っぽさは消えて、どこか人生の苦さを知ったような、すねた感じがあったものの、それはむしろもともと持っていた性格らしいと宮本は気付いた。絵の世界へ食い込むために、老いた画商へ体を売ったことも、さほど気にならない様子だった。商売は商売と割り切っているらしい。

服装が派手になり、化粧は濃くなったが、それもどちらかというと中路の好みに合わせているので、本人はTシャツにジーパン姿のほうがいいと思っているらしかった。

食事を終えて、一息ついた所で、沼原昭子がそう言ったのだった。

「私、刑事さんに嘘をついたわ」

「というと？」

「今ごろ言っても仕方ないけどね」

と昭子はタバコに火を点《つ》けながら笑った。

「あの事件のことかね？――殺された女学生を待っていた男というのは、あの絵の男じゃなかったんだな？」

「知ってたの？」

「いや、そうじゃないが……どうも少し妙だとは思ってたよ」

宮本はデミタスカップのコーヒーをゆっくりと飲んだ。「……どうして三島の絵を、あの男だといって渡したんだね？」

「仕返しよ」

「仕返し？」

「三島とは、あの少し前まで同棲《どうせい》してたの」

昭子は灰皿へぼんやりと目を落として言った。「だめな男でね、それはよく分ってるんだけど、つい面倒をみてやりたくなる。そういう男なのよ」

「それで、一体何があったんだね？」

「彼とは、それでも半年くらい暮らしたかしら。私の稼ぎで食べさせて、お酒を買ってやり、タバコを買うお金もやったわ。彼もありがたがって、きっと仕事を見付けて働くからとか、その度に口ではそう言うのよね。——私もそれを真《ま》に受けてたわけじゃないけど、悪い人じゃないと思ってたの。それで……刑事さんに会った日の三日くらい前だったかしら、いつものように似顔絵のアルバイトに出かけたんだけど、忘れ物を思い出して、まだ人通りの少ない時間だったから、アパートへ取りに戻ったのよ」

昭子は少し喫ったただけのタバコを灰皿へ押し潰した。

「——彼は見たことのない女と裸でお楽しみの最中だったわ」

昭子はよほど三島に惚《ほ》れていたらしい、と宮本は思った。苦さをかみしめるような口調は、まだその瞬間の衝撃が彼女の胸に傷跡を残していることを物語っていた。

「それで三島はどうしたんだね？」

「私が女を叩き出してから問い詰めると、『お前がどうしてもって言うから、いてやったんだ。他に女はいくらでもいるさ』と言って出て行ったわ」

「ひどい奴だな」

「私が馬鹿だったのよ。それに……」

昭子は言いかけて言葉を切った。

「何だね?」

「その時、私、妊娠してたのよ」

「堕《おろ》したのかね?」

「もちろんよ!——あんな男の子供なんて生むわけないでしょ」

昭子は吐き捨てるように言った。

「その恨みがあったから、三島が犯人だと言ったんだね」

「そう。……話を聞いた時にふっと思い付いたのよ。ちょうど彼を描いた絵もあったしね。でも、まさかあんなことになるとは思わなかったわ。ただこらしめてやるだけのつもりだったの。——彼でないことは調べれば分るだろうし、容疑者として留置場へ放り込まれれば、それで少しはこっちの胸もスッとする。それくらいの気持ちだったのよ」

昭子は宮本の顔を探るように見て、「——怒ってるでしょうね?」

「私が怒る理由は別にないよ」

宮本は無表情のまま答えた。「もう刑事でもないんだしね。ただ、殉職した谷内刑事が気の毒だ。彼には君と同じくらいの年齢《とし》のフィアンセもいた。——しかし、刑事という職業に危険はつきものだからね。君がそう自分を責める必要もあるまい」

昭子はほっとした様子で、

「よかった。てっきり警察へ引っ張って行かれると思ってたわ」

「私にそんな権限はないよ」

「ともかくあなたに嘘をついたことを謝りたかったの。話してよかったわ」

昭子は宮本に微笑みかけた。「どこかで飲まない？」

「いや、やめておこう」

宮本は首を振った。「何しろ出勤初日だからな。明日二日酔いじゃ困る」

「そう。真面目なのね」

と昭子はからかうように言って、次のタバコに火を点けた。

「しかし、問題はあるな」

「何のこと？」

「まず、あの女学生殺しが未解決のままだ、ということ。三島が逃げようとして死んでしまったので、三島が犯人だったと決めつけられてしまったんだが、君の話で犯人は別にいることが分った。犯人は捜査の手におびやかされもせずに、大手を振って歩いているんだ」

昭子は目を伏せた。——宮本は続けて、

「教えてくれないか。君のあの時の話はどこ、、、まで本当だったんだ？」

「どういう意味？」

「君は本当に事件の夜、あそこにいたのか？」

「いたわ」

「よし、それは事実だったわけだ。次に君は女学生と連れ立って行く男を見たのかね？」

返事までにちょっと間があった。

「見たわ」

昭子は肯いた。

「――どんな男だった？」

「それは分らなかったわ」

「見たんだろう？」

「待ってたのは女学生のほうだったのよ。コートの襟を立てた男が来て、一緒にそのまま行ってしまったわ」

「コートの色は？」

「灰色――だったと思うわ」

「型は？」

「分らない」

「ベルトはあった？」

昭子は苛々《いらいら》した様子で宮本をにらんだ。

「さっきあなたはもう刑事じゃないと自分で言ったじゃないの」

「それはその通りだ。しかし私がこのことを警察へ通報すれば、君はこういう調子で訊問《じんもん》される。いや、その他に偽証罪、公務執行妨害罪にも問われるかもしれない」

「私をおどかす気ね」

「違う。ただ事実を知りたいだけだ。……君はまた嘘をついている」

「何のこと？」

「今、私が『本当に男を見たのか』と訊くと、君は返事をためらった。見なかったことにしようかと迷ったんだ。しかし、そこまで嘘はつきたくない。そこで見たことだけは認めて、男の様子はでっち上げることにした」

「心理学の講義？」

　昭子は皮肉った。

「君は男を見ていいるはずだ。——あの時、ビルの閉じたシャッターに何枚か絵が貼りつけてあったね。君はそこから三島の絵をはがして私に千円で売った。しかし実際は、あの他の絵の中に、本当の犯人の絵があったんじゃないのかね？」

　昭子は目に見えてぎくりとした。宮本は自分の言葉が図星だったのを知った。

「……どうしてそう思ったの？」

　昭子は訊いた。低い、真剣な声音だった。

「分らない。ちょっとした勘さ」

「今度は超能力ってわけ？」

宮本は軽く笑って、

「実を言うと、昨日から気になって仕方なかったんだ。あの時、ざっと眺めたあの絵の顔の中に、ごく最近出会ったような気がしてね」

昭子は、まじまじと宮本を見つめた。

「本当なの？　あの時の絵を憶えてるの？　それは誰の顔？」

とたたみ込むように問いかけて来る。宮本は首を振った。

「それが分らないんだ。ただ知っている顔を見た、という漠然とした印象しかない」

と言ってから、宮本はふと気付いたように、

「そうか、君もそうなんだな？」

「え？」

「何か思い当たることがあるんだ。違うか？　そうでなければ、今さら私にあんな告白をしようという気になるはずがない」

昭子は黙って顔をそむけた。――肯定も否定もしない。

「あの時の絵をまだ持ってるかね？」

と宮本は訊いた。昭子は肩をすくめて、

「似顔なんてたくさん描いたもの、分らないわよ」

「残ったものは捨てたのかい？」

「捨てたのもあるわ。——良く描けたと思ったのは取ってある……はずよ」

「それを私に見せてくれないかな」

「ここにはないわ。——つまり、今いるマンションには置いてないの」

「じゃ、どこに？」

「中路の持ってる山荘にあるわ」

「山荘？」

「軽井沢の奥の方よ。夏の避暑のための別荘だけど、週末なんかによく行くの。風景を描いたりするのにいい所だから。そこに古いスケッチやデッサンなんかを全部置いてあるのよ。マンションが狭いものだから」

「取って来られないかな？」

「すぐ、ってわけにはいかないわ。今度行った時にでも……」

「できるだけ早いほうがいいね。犯人は野放しになっているんだ。次の犯行を重ねないとも限らない」

「まさか」

「現に、昨日、私は危うく電車にひき殺されるところだった」

昭子は唖然《あぜん》として、

「冗談でしょう?」

「いや。――事故だったかもしれないが、どうも、誰かに突き飛ばされたという気がしてならないんだ」

「じゃ……あなたが何となく似顔絵で見たという顔の男が……」

「私を殺そうとしたのかもしれない」

昭子はなおも半信半疑の面持《おもも》ちで聞いていたが、やがてゆっくり肯いた。

「分ったわ。できるだけ早く探してみるわ」

「頼むよ。――君は何か思い当たることがあるんだろう? 話してみないか?」

宮本は静かに言った。しかし昭子は黙って顔を伏せただけだった。無理強《じ》いしてもだめだ、と宮本は判断して、席から立ち上がった。

「今夜はごちそうになって悪かったね。給料をもらったら、埋合わせをさせてもらうよ」

「また連絡するわ」

昭子はほっとした様子で微笑んだ。

二人は店を出て、夜の空気を吸い込んだ。

「車で送りましょうか?」

「いや、何もそこまで――」

「構わないのよ。どうせ——」

「ガソリン代もパトロン持ちだから？」

昭子は声を上げて笑った……。

アパートから少し離れた広い通りで、宮本は昭子の車を降りた。昭子は軽く手を振って、車を走らせた。宮本はその尾灯《テールランプ》が、他の車の間に紛《まぎ》れて消えるまで見送ってから歩き始めた。

昭子は何かを知っている。知っていながら隠している。その理由は……。おそらく、思い当たった、その人物が、彼女にとって、簡単には告発できない立場の人間だからであろう。とするとそれは一体誰なのか……？

わき道を入ると、もうすっかり人通りの絶えた、暗い道である。アパートまでは三、四分の道だ。宮本は足を早めた。もう九時を回っている。

それは突然、襲いかかって来た。背後から強いライトがさっと射したと思うと、エンジンの唸《うな》りが迫って来た。振り向く間もない。咄嗟の判断で、一か八か、宮本は右手へと飛んだ。車の車輪が路面に転がった宮本の足先、二、三センチをかすめて行く。体を起こすと、もう車は遠い闇の奥へと溶けるように、音もろとも消えて行ってしまった。

「殺そうとしたんだ……」

立ち上がって、埃《ほこり》を払いながら宮本は呟いた。こうなると、やはり昨日の一件も事故とは思えない。誰かが自分を殺そうとしている。それは取りも直さず、彼の考えが当たっていることを立証しているとみていい。――あの絵が思い出せるといいが……。

アパートの前まで来て、宮本は思いがけない人影を見付けて足を止めた。

「こんな所で、何をしてるんです？」

「お帰りなさい」

と爽子が微笑みながら、言った。

5

「どうしてこんな……」

言いかけた宮本の唇に、爽子は指を当てて黙らせた。

「何も言わないで」

宮本は仕方なく笑って、

「今の若い連中の考えることは分らん」

と呟くように言った。

男の一人暮らしの匂いが、夜の暗がりの中にたちこめている。敷きっ放しの、湿った布団の中で、宮本は戸惑いながら若々しい女の体を抱いていた。

「別に気にしないでね」

と爽子は大きく伸びをしながら起き上がった。

「初めて、というわけでもないんだし」

「谷内とは寝てたようだね」

「あら、そんなこと言ってたの？　いやだわ」

爽子の声はむしろ面白がっているようだった。

「私のような年寄りを、よく相手にする気になったもんだね」

「若さだけじゃないわ、こういうことは」

「私が警察をクビになったからかい？　君がこうして——」

「そうじゃないわ」

と爽子はきっぱり首を振った。「ただ、あなたと寝てみたいと思ったの。それだけよ」

「そうかい。それならいいが……」

爽子は布団から脱け出し、手探りで服を着始めた。暗がりの中で白い裸身が時折洩れ入る光に艶《つや》やかに光った。——宮本はそっと息を吐き出した。狐《きつね》に化かされてるんじゃないだろうな、俺は……。

「今夜はずいぶん遅かったのね」

爽子がお茶を淹《い》れながら言った。

「うん？……ちょっと帰り道で誘われてね」

明かりが点《つ》くと、見すぼらしい部屋のわびしさが、爽子のおかげでよけいに際立って見えた。もっとも爽子のほうは一向にそんなことを気にも止めていないようだったが。

「待ちぼうけかと思ったわ」

「ずっと待っててくれたのかい？」

「いいえ。一時間ぐらいかな」

「悪いことをしたね、そいつは」

「いいのよ。勝手に待ってたんだもの。もうすぐ奥さんとまた一緒に暮らすようになるんでしょ？　その前に一度だけ――。そう思ったの。……どうぞ」

と熱い茶を欠けた湯呑み茶碗へ注《つ》いで、言った。

「ありがとう」

一口すすって、宮本は思いもかけないほど体が暖まるのを感じた。人に淹れてもらう茶の何と旨いことだろう。久しく忘れていた暖かさだった。

「会社の方と一緒に飲んだの？」

と爽子も自分の茶を飲みながら、「それにしちゃ赤い顔してなかったけど」

「それがちょっと妙な話なんだ」

と宮本は言った。「沼原昭子と一緒でね」

「まあ」

爽子はちょっと眉を上げた。「あの人もあなたを誘惑しようとしたの？」

「まさか！　そんなにもてないよ、私は」

と宮本は笑った。

「じゃ、一体どうして――」

「それがね、君にもいくらかは関係のある話なんだ」

宮本は、沼原昭子の話を爽子に詳しく繰り返して聞かせた。

「じゃ、あの時死んだのは、本当の犯人じゃないっていうことなのね」

「そうなんだ」

「ひどいわ。――まるで貴夫さんの死はむだ死にだったんじゃないの」

「まったくね。また彼女のほうも後悔してはいるようだったが」

「でもそうなると、本当の犯人が別にいるということになるのね」

「そうなんだ。そこがね……」

宮本は言葉を切った。――ふと、また記憶の映像が脳裏に瞬いたのだ。あの時、並べられていた似顔絵の顔、顔、顔が。どこかで見た顔があったのだ。どれだ？　どれだ？――もう少し、もう少し見えていてくれ！

「どうしたの？」

爽子が心配そうに声をかけた。

宮本の前から、おぼろな顔だちは消えてしまった。シャボン玉が弾《はじ》けるように、一瞬の内に跡形もなくなった。

「頭でも痛いの?」

宮本は首を振って、

「いやいや、そうじゃないんだ。ただ、どうも気になっていることがあってね」

「何なの?」

宮本は少しためらってから、

「そうだな、君にも話しておこう。万一のことがあったら――」

「万一のことって……」

「いや、それはいい。実はね、似顔絵のことなんだ」

宮本は、自分を悩ませている記憶のことを説明した。

「それじゃ……その絵の中に、知っている顔があったっていうの?」

「断言はできない。ただ、そんな印象だけが残ってるんだ。おや、と思った印象がね」

「それがどんな顔か分らないのね?」

「そうなんだ。男の顔だったか、女の顔だったか、それも分らない。ただ、どこかで見た顔だという気がするだけで」

「ごく最近に会った顔？」

「そうなんだ。急に絵を思い出したというより、その顔を見たせいで絵を思い出したんだと思う」

「じゃ、一人ずつ考えてみたら？」

「やってみたよ」

宮本はゆっくりお茶を飲みほした。「いやになるくらい、繰り返しやってみた。しかしだめなんだ。追いかければ追いかけるほど逃げて行く」

「私じゃないでしょうね？」

と爽子は微笑みながら言った。

「さて、どうかな。君のように魅力的な顔なら忘れるはずはないと思うが」

「お世辞なんてあなたに似合わないわ」

爽子はからかうように言ってから、ふっと気付いたように、「でも、どうして彼女、今になって、そんなことをあなたに話したのかしら？」

「そこなんだ。——彼女も、きっと何かが気になっているんだと思う」

「何かが？」

「そう……。自分で描いた似顔絵のことでね」

「つまり、本当の殺人犯を描いた絵がある、ということ？」

「私はそうにらんでいる」

「――きっとそのうちに思い出すわ。何気なく、ふっとね」

宮本は、広い通りまで爽子を送って行った。

「こんな時間に帰って怒られないのかい？」

「帰りさえすれば何も言わないわ」

「理解のある親だね」

「信用されてるのよ」

「こんなことをしてると分ったら――」

「あなたは心配しないで。そう言ったでしょ」

通りへ出ると、爽子は、「もう大丈夫。少し待てばタクシーが来るわ」と言ったが、宮本は首を振った。

「いや、乗るまでは見届けるよ」

二人は並んで夜の道に立っていた。爽子はそっと宮本にもたれかかり、彼の肩へ頭をのせた。

「これ一度きりで終わりにしましょうね」

「そうだね」

宮本は肯いた。不思議な気分だった。愛なしで抱いたわけではないのに、執着しようという気になれなかった。一度きりだからこそ、素晴らしかったのかもしれない、という気がした。

「ねえ……」

「何だい？」

「さっき、あなたが言った『万一』のことって何？　気になって仕方がないわ」

「ああ、それか。別にどうということじゃないんだがね」

「話して」

「誰かが私を殺そうとしているかもしれないんだ」

爽子はまじまじと宮本を見つめた。

「――何ですって？」

「いや、ただの思い過ごしさ、きっと。――タクシーが来たぞ」

宮本は手を上げてタクシーを止めた。

「さあ乗って、乗って」

爽子は気掛かりな様子で宮本を見ていたが、押されるままにタクシーに乗り込んだ。

「おやすみ」

宮本はそう言って、車から離れた。ドアが閉まり、タクシーが走り出す。振り向いて手を振っている爽子の、心配げな顔が、ほんの数秒間見えていたが、やがてすぐに夜の黒い奥行の中へと消えて行った。

呼びかける声に振り向くと、社長の轟が歩いて来るところだった。

「やあ、ご苦労さん」

「これは社長」

宮本は帽子のつばに手をかけた。

「まあまあ、堅苦しい真似はやめてくださいよ」

と轟は暑そうに額の汗を拭《ぬぐ》った。

倉庫の巨大な扉が開け放たれて、ちょっとした家ぐらい入ってしまいそうな大型トラックがゆっくりと中へ入って行くところだった。

「大分金を使って申し訳ありません」

と宮本は言った。防犯装置などの交換をさせたことを言っているのだ。

「いやいや、構わんですよ。泥棒に入られることを思えばね、安いもんだ。今まで不備のままで放ってあったんだから、ぞっとしますな。あなたのいいようにやってください。倉庫会社は信用が第一だ。簡単に破られたりしたのでは、客が寄りつかなくなります」

「そうおっしゃっていただくと気が楽です」

――宮本がここに勤めて、一週間たっていた。仕事は順調で、楽しかった。新しいアパートも決まって、次の日曜には引っ越すことになっている。

総てが巧《うま》く運んでいた。

宮本も、沼原昭子のことや、あの似顔絵の記憶のことを、あまり思い出さないようになった。新しい職場での毎日に忙殺されて、そんな余裕もなかったし、それに見えざる手が彼の命をおびやかすこともなかった。

あれはただの事故だったのかもしれない。――宮本はそう思い始めていた。

沼原昭子からも、その後、連絡はなかった。爽子からは、二度電話がかかった。彼の身を気遣っているようだったが、表面上は軽い冗談を言うだけで、それが宮本にはありがたかった。――一度だけの関係であり、彼女のほうからすすんで体を任せて来たのだとはいえ、やはり宮本は気になっていた。何といっても、こちらは分別のある五十男で、相手はまだ若い娘なのだ。

昨晩、何か月ぶりかで、宮本は妻と床を一つにした。通い慣れた道を行くような安心感の中で妻を抱きながら、宮本は初めて爽子に対して悪いことをしたのではないかという後ろめたさを感じたのだった……。

「社長、今日はずっとこちらに？」

「いや、娘を待っとるんですよ」

「お嬢さんを？」

「この前、展覧会で入選した絵が今度海外の美術展へ出品されることになりましてな」

「それは凄い。大したものじゃありませんか」

「いやいや、暇つぶしの域を出ないものですよ、わしに言わせれば」

と照れくさそうで、それでいて悪い気はしない、といった表情だった。

「それだけでは海外まで出品されたりしませんよ。才能がおありなんです」

と宮本は適当に持ち上げた。「そのうち、お嬢さんに肖像画でも描いてもらったらいかがです？　社長室に飾る大きなのを」

「わしの肖像画？……なるほど、そいつは考えなかった！　うん、いいかもしれませんな」

宮本は、相手が真剣に考えているらしいので、ちょっと面食らってしまった。

「おや、娘が来たようだ」

見るとメタリックカラーのフォルクスワーゲンが倉庫の角から姿を見せて近付いて来る。いわゆる「かぶと虫」というやつである。

「ワーゲンですか。いい車にお乗りですね」

「いや、わしもあれが好きでしてな。もともとあれはわしの車なんです。最近は専《もっぱ》らあいつが乗り回しておって……。あの車のむだのない、それでいて堅実に走るところが気に入っとるんです」

いかにもこの社長には似つかわしい、と宮本は思った。彼の経営哲学がまさにそれなのに違いない。手堅く、着実に……。

フォルクスワーゲンが二人の手前で停まった。

「こんにちは！」

淳子が元気よく車から降りて来る。

「やあ、お嬢さん。絵が海外へ出品されるそうで。おめでとうございます」

「まあ、お父さんったらおしゃべりね」

「いいじゃないか。わしが黙っとりゃお前が自分で言い出すに決まっとる」

「ひどいわ！」

と父親をにらみつけておいて、「宮本さん、父からお聞きになって？」

「何をです？」

「父があなたのお仕事ぶりがとても気に入って、給料を最初の約束より三割増しにしようって言ってますの」

「お、おい、それはまだ――」

「あら、そのつもりなんでしょ？」

「それは……まあ、そうだが」

すっかり娘にやり込められている社長の姿に宮本は思わず笑い出してしまった。

「さ、お父さん、行きましょうよ。宮本さんのお仕事の邪魔だわ」

「分ったよ。じゃ、よろしく頼みますぞ」

「かしこまりました。ご心配なく」

と宮本は肯いた。――二人の乗ったかぶと虫が倉庫を回って見えなくなると、宮本はゆっくりと倉庫の中へ入って行った。

「主任、さっき消防署から電話がありましたよ」

警備員室へ入って行くと、八代が顔を上げて言った。

「何の用だ?」

「防火設備の点検だそうですよ」

八代は得意そうに、「いい時期に取り換えましたね。前だったら相当文句をつけられたでしょう」

「そいつはよかった。いつ来るんだ?」

「一時ごろだと言ってました」

「一時か。まだ時間があるな。――スプリンクラーのチェックがまだ終わってなかったんじゃないのか?」

「最上階だけです。まあ大丈夫だと思いますよ」

「せっかくここまでやったんだ。文句のつけようがないようにしておきたいな」

「分りました。あの……」

「何だ?」

「昼飯の後でいいでしょうか?　実はちょっと約束があって……」

と八代は言いにくそうに言った。

「いや、俺が見て来るからいい」

と宮本は肯いた。「そう手間でもあるまい」

「すみません」

「十二時になったら食事に行って構わんよ」

「分りました」

宮本は警備員室を出ると、業務用のエレベーターに乗った。荷物を運び上げるための、大型のエレベーターだ。——倉庫は六階の高さがある。らせん状の通路でトラックは最上階まで直接乗り入れることができた。倉庫面積はその分狭くなったが、作業の効率が良くなって、むしろ得な造りといえた。

業務用エレベーターは、あまり使われなかった。細かい荷物や、作業員の昇降に専ら利用されている。

宮本は六階でエレベーターを降りた。——左右に整然と区画された荷の山が並び、その間を、大型トラックが充分通れる幅と高さの通路が真っ直《まっす》ぐに走っている。

宮本は通路を、足音を響かせながら歩いて行った。――今は作業する者の姿もなく、静まりかえっている。ずっと下の階から、エンジンの音や人の声が立ち昇って来た。

通路を歩いていると、十二時を知らせるチャイムが倉庫の中に鳴り渡った。

宮本は通路の奥から、狭い鉄の階段を上がって行った。階段というよりも梯子に近いようなもので、高い天井に走るスプリンクラー用のパイプの上に出るようになっていた。天井にほとんど貼りつくような所に、幅一メートルほどの通路があって、スプリンクラーの水を供給するパイプを点検できるのだった。

宮本は、太いパイプから細い枝管への継《つ》ぎ目をチェックして行った。水洩れがあったり、接続が緩んでいたりしては、肝心の火事の時に効果がなくなる。

みんな昼食に出たのだろう。倉庫の中は、まるで無人の街のようにひっそりと静まり返っていた。ただ時折、パイプがキーンと金属音をたてると、その余韻が、広大な空間に漂っては消えて行く。

宮本は網の目のように走る枝管の間から、下を見下ろした。倉庫は一階ごとの天井が高い。荷物によっては背の高い物もあるし、狭い面積で多くの荷が積み上げられる、という利点もあるからだ。

最上階は比較的天井が低いが、それでも優に五メートル以上はあった。下はコンクリートむき出しの床だ。

「落ちたらいちころだな……」

　と宮本は呟いた。さて、早いところ済ませてしまおう。——一つ一つ、じっくり見ていると、いつの間にか十二時半を回ってしまっていた。

　三分の二ほど来た所で、宮本は足を止めた。ジョイントが緩んでいるのか、わずかながら水のにじんでいる箇所が目に付いたのだ。かがみ込んで腰のベルトに挟んでおいた工具でボルトを締めつけた。ハンカチで水を拭うと、洩れは止まった様子だ。

　こんな所まで消防のほうでも調べはすまいが、自分の気が済まなかった。生真面目《きまじめ》な新入社員と同じことだ。ともかく、完璧と言われるようにしておきたかった。

「やれやれ」

　腰をのばしながら立ち上がった宮本は、すぐそばに人の気配を感じて振り向いた。思いがけない顔がそこにあった。

「やあ、こんな所で何を——」

　と言いかけて、宮本は近付いて来る足音がまったくしなかったことに気付いた。故意に忍び足で来ない限りは、足音が聞こえないはずはないのだ。

　そして宮本は思い出した。あの、似顔絵の顔だ。この顔だった！——相手が鉄パイプを手にしていることに気付いた時は、手遅れだった。パイプが宮本の頭上に振りおろされた。

　宮本はさけようとしたが、一メートルの通路では、踏みとどまる余裕がなかった。

細い管の間隙《かんげき》から、宮本は真っ逆様に落ちた。ドン、という鈍い響きが、コンクリートの空間に一瞬震えて、すぐに静寂が戻って来た。

「何もかもこれからだったのに……」

爽子は呟くように言って口をつぐんだ。それ以上しゃべれば泣いてしまいそうだ。

「運の悪い人だったわね」

轟淳子がしんみりとした口調で言った。

白木の棺《ひつぎ》は、霊柩車《れいきゅうしゃ》に納められ、遠去かって行った。――爽子と淳子は共に黒いワンピースを着ていた。

皮肉なほどよく晴れ上がった日だった。

宮本の葬儀は、爽子の頼みもあって、爽子の父、布川が費用を持って行なわれた。参列者は、むろん少ない。かつての刑事仲間が、二、三人姿を見せたものの、それ以外には友人らしい友人も現われなかった。

「せっかくよくやってくれとったのにな」

汗を拭きながら、轟がやって来た。

「事故……だったんですね」

念を押すように爽子は言った。

「消火設備の点検をしていて足を滑らせたらしい。そこまでやらなくてもよかったのにな」

「責任感の強い人だったんです」

「まったく……。惜しいことをしたよ」

轟は娘の方へ、「お前、どうする？　わしは会社へ戻るが」

「自分で帰るからいいわ」

「分った」

父親が行ってしまうと、淳子は爽子を見て言った。

「さっきのあなたの言い方だと、事故じゃないと思ってるみたいに聞こえたわよ」

「そうかもしれないわ」

「どういうこと？」

「宮本さんは殺されたのかも……」

「まさか！」

淳子は目を見張った。「どうしてそんなことが――」

「いいのよ。ただの直感だから」

爽子は淳子の肩に手をかけた。「――気になって仕方ないのよ。あの人が警察を辞めさせられたのも私のせい。そして仕事を世話したのも私……。私があの人を死なせてしまったような気がして」

「そんな風に考えちゃいけないわよ」

「ええ。分ってるんだけど……」

淳子がふっと顔をわきへ向けて、

「あら、八代さん」

と言った。背広にブラックタイの八代が、しょげ切った様子で歩いて来た。

「お嬢さん……。いらしてたんですか」

「ええ。私もあの時、ちょっと前に会ったばかりだったから、宮本さんと」

「僕が悪かったんです。本来なら僕がやらなきゃいけなかったのに……」

「起こってしまったことは仕方ないわよ」

と淳子は慰めた。爽子が、口を挟んだ。

「あなたはその時どこにいたんですか？」

「え？――ああ、昼食に外へ……」

「誰か残っていた人は？」

「いや、いなかったでしょう……。みんな地下の食堂へ集まりますからね」

「じゃ宮本さん一人が上にいたわけですね」

「そうです」

「誰かが、その間に中へ入ることはできたでしょうか？」

八代は爽子の質問にちょっと面食らったようだった。

「え、ええ。そりゃまあ……」

「あなたが戻るまでにどのくらいありました？」

「二十分ぐらいでしょうか。でもどうしてです？」

「いいえ、いいんです。ありがとう」

八代は訳の分らない様子で肯くと、

「それじゃお嬢さん」

と淳子へ会釈《えしゃく》して行ってしまった。

「爽子、あなた本当に宮本さんが殺されたと思ってるの？」

爽子は答えず、ただ肩をすくめて見せただけだった。

「――ほら、あれ！」

と淳子が爽子の腕をつかんだ。

「え？　何なの？」

「見てごらんなさいよ。どうしてあの女が来てるの？」

爽子は淳子の視線を追った。――少し離れた所に、赤い外車が停まって、その傍に立っているのは沼原昭子だった。

「宮本さんのことを知ってたのかしら？」

淳子は不思議そうに首をかしげた。「殊勝に黒服を着てるじゃないの」

爽子は、離れてはいたが、沼原昭子がひどく寂しげに見える、と思った。気のせいだろうか。この前、美術館で見かけた時の、あの高慢な印象は消えて、孤独で、心細げに見えた……。

「じゃ、私、ちょっと行く所があるの。失礼するわ」

と淳子がいやに他人行儀な言い方をした。

「ええ。じゃ、またね」

「バイバイ」

淳子は手を振って、足早に行ってしまった。――どこへ行くのかしら？　爽子は、ふと妙な気がした。そう言えば、淳子は車で来たわけでもないようだ。タクシーを停めようとする気配もない。

別に深く詮索《せんさく》するつもりはなかったのだが、爽子は淳子の姿が消えた曲がり角の方へと歩いて行った。

角を曲がって、爽子は慌てて身を引いた。淳子が車に乗り込むところだった。ドアを開けてやっていた男は、続いて車へ入った。自分が運転するわけではないらしい。――当然のことかもしれない。中路ほどの大物画商になれば、運転手付きの車ぐらいは当たり前だろう。

淳子が中路の車に……。

単に、仕事の話だけだと思いたかった。絵を買いたいと言っていたことだし。

だが、爽子も、淳子の絵が海外へ出品されることは聞いていた。

おめでとう、凄いじゃないの、と喜んで見せたものの、一抹《いちまつ》の疑念が――国内の美術展で佳作にしかならなかった作品が、なぜ海外へ出品されるのか、という疑念が、爽子の胸をよぎったのも事実だったのである。

中路の推薦があったことは想像できるが、その代償を、淳子が支払ったのではないか。考えたくないことだが、考えないわけにはいかなかった。

中路の車が遠去かって行くのを見送って、戻ろうと振り向いた爽子は、危うく目の前に立っていた沼原昭子にぶつかるところだった。

「あ、ごめんなさい」

と爽子は言った。しかし、沼原昭子は、爽子を見てはいなかった。その目は、もう見えなくなった中路の車の残像を追いかけているようだった。

「沼原昭子さんね」

爽子が静かに言うと、昭子は初めて爽子に気付いた様子で、

「どこかで会ったかしら？」

「私は布川爽子。――三島っていう人を捕えようとして殉職した谷内刑事の婚約者だったの」

「ああ……。宮本さんから聞いたわ」

「私も、あなたの話は聞いてるわ」

「私のことを恨んでるでしょうね」

「もう終わったことだわ。――今日は宮本さんのお葬式だし」

「そうね……。気の毒だったわ」

二人は、何となく並んで歩き出した。

「宮本さんは殺されたんだと思わない？」

爽子の言葉にも、昭子はさほど驚いた様子はなかった。

「そうかもしれないわね」

と素気《そっけ》ない口調で答える。

「あなたは犯人を知ってるの？」

「知らないわ」

昭子が、やや強い口調で否定した。「どうして私が知ってると思うの？」

「宮本さんはそう思っていたわ」

「思い違いよ」

と昭子ははねつけた。そして足早に、赤いフォードへ乗り込むと、素早く走り去って行った。

彼女は知っている、と爽子は思った。何かを知っている。そして、怯《おび》えているのだ。だからこそ、ああして強く出るのだろう。

爽子は、一人でたたずみながら、一体自分に何ができるだろうかと考えていた。何かしなくては。――宮本の死の真相を、何とかして知らなくては。

しかし、一体、何ができるだろうか……。

もう、葬儀の後片付けが終わりかけていた。

第二章　デッサン

1

殺される。

昭子がそう信じ始めたのは、いつからだったのだろうか。

特別のきっかけがあったわけではない。危険な目にあったということもない。それなのに、なぜ殺されると感じるのか、自分でも説明はつかなかった。しかし、それだけに恐怖は切実であった。それでいて、他人の救いをあてにすることはできないのだ。

昭子はマンションの部屋で、一通の手紙を書いた。簡単な文面で、白い封筒へ入れようとして、ふともう一度見直した。

「もし私が殺されたら、犯人は――」

その男は、ずいぶん前から、昭子の仕事ぶりを眺めていた。

「ありがとうございました」

描き上げた似顔絵を渡して千円もらい、頭を下げる。――それを昭子が繰り返すのを、その男は飽きる様子もなく眺めていたのだ。

何をしてるんだろう？　昭子は苛々《いらいら》しながら、時折その男をにらんでやったが、相手は一向に応《こた》える様子もなく、平然と、昭子から三、四メートル離れた所に立っていた。

似顔絵の客など、そう引きも切らずにあるわけではない。昭子はチラリと目を向ける通行人へ、

「似顔絵はいかがですか？」

と呼びかけながら、その男のことが気にかかって仕方なかった。どこかで会ったことのある男だろうか？　しかし、見憶《みおぼ》えはなかった。

そろそろ六十に手の届こうという感じだが、老いを感じさせない。着ている物は最高級の背広だった。仕立てもいい。色の趣味もけっして悪くなかった。この年齢の男にしては、センスのいいほうだと言っていいだろう。

しかし、それでいて魅力的なロマンスグレーというのにには程遠かった。昭子を見る目には、どこか彼女をぞっとさせるようなものがあって、昭子はまるで自分の裸を盗み見られているような、気まり悪さと腹立たしさを感じた。

三十分以上も、男はそこに立っていたろうか。客の一人に絵を渡して、

「どうもありがとうございました」

と千円受け取って息をつくと、その男がつかつかと歩み寄って来た。

「わしを描いてくれるかね」

普通の客とは違って、えらく真面目《まじめ》な口調だった。——昭子はちょっとためらった。

「……はい」

「一枚千円だね」

「そうです」

「では先に払っておこう」

その男はポケットから財布を抜き出すと、一万円札を一枚出して、「これで頼む」

「あの……細かいの、お持ちではありませんか？　おつりが足らないかも……」

「いや、いいんだ」

「え？」

「このまま取っておきたまえ」

「でも——」

昭子はためらった。何か下心があるのではないか、と思ったのだ。酔った客の中には、金をやるからホテルへ行かないか、などと持ちかけて来る客がいる。この男もその手合いかもしれない。

「それぐらいは描いてもらうことになるだろうからね」

男は平然と言った。

「十枚もですか？」

「わしが満足できるまで、描いてくれたまえ。いいね」

きっとうぬぼれの強い男なんだわ、昭子は内心苦笑いした。——大した顔でもないくせに。少しいい男に描いてやれば満足するだろう。昭子は微笑《ほほえ》んで、

「承知しました」

とスケッチブックを取り上げた。慣れた手つきで仕上げるのに、十分とはかからなかった。実物よりもやや面長の、整った顔に描いてある。狡猾《こうかつ》な印象を与える目も、ずっと優しく穏やかな感じにした。

「いかがですか？」

出来た作品を手渡すと、男は両手に持って数秒間眺めていたが、

「お話にならん」

と素気《そっけ》なく言った。昭子の顔がこわばった。

「お気に召しませんか？」

「君は顔の輪郭《りんかく》も取れないのか？　それとも乱視かね？　わしはこんなに面長ではない。それでよく商売をしていられるものだな」

静かな口調だけに、その辛辣《しんらつ》な言葉がいっそう昭子の胸に突き刺《さ》さった。

「描き直します」

「そうしたまえ」

昭子は描いた絵を取り返すと足下へ落として、もう一度描き始めた。――せっかく実物より良く描いてやったのに！　このくそじじい！

　いささか乱暴なタッチながら、きちんと実物通りのバランスで仕上がった。

「どうぞ」

　差し出された二枚目の絵を受け取ると、男はさっきよりは少し熱心にそれを眺めた。

「前よりはいい。外形は似ている。――しかし、まだまだだめだ」

　昭子は唇をかんだ。男は絵を突っ返して来た。

「下手《へた》くそな劇画の絵とそっくりだぞ。線だけで、陰影も何もない。もう一度描き直したまえ。わしの顔は平たい板ではない」

　昭子は黙って絵を受け取ると、後ろへ放り出した。そして三枚目を描き始めた。前の倍以上の時間をかけて、細かい凹凸《おうとつ》の一つ一つを、立体的に描いていった。似顔絵をこれほど真剣に描いたのは初めてだった。

「……どうでしょうか」

　いくらか不安を覚えながら、昭子は三枚目の作品を――それはもう作品と呼べるほどのものだった――相手に示した。

「この顔は人間の肌をしていない」

男は見るなり言った。「石膏《せっこう》の像を描いているようだな。皮膚の感触がなければ人間の顔にはならん。君の描く顔には感情も個性もないぞ。デスマスクのようだ。描き直したまえ」

昭子は怒鳴《どな》り出したい衝動を必死で抑えた。一体何だ、この男は。偉そうなことばかり言って！――昭子は三枚目の作品を震える手で引き裂いた。

悔しさをこらえて、昭子は四枚目を描き始めた。額《ひたい》から、いつの間《ま》にか汗がこめかみを伝って落ちて行った。

「――眼だ。これは死んだ魚の眼だよ。わしの眼はもっと狡《ずる》そうに光っているはずだ」

四枚目も、五枚目も、引き裂かれた細片となって昭子の足下に散った。

昭子は今や必死だった。意地でも、この男に「よく描けた」と言わせてやりたかった。そのためなら、一晩中だって描き続けてやる、と思った。

六枚、七枚……。男はもう何も口にしなかった。ただ眺めて、首を振り、昭子へ返して寄こした。破った絵が、少し強くなった風に吹かれて、夜の街路を舞って行った。

九枚目が男の手に渡った。――男は三分近く、それをじっと見つめていた。

「いいね。良くなった」

男は肯《うなず》いた。「十枚はかかると思ったが、一枚早かったな。千円はチップとしてあげよう」

昭子は口もきけず、呆然《ぼうぜん》と突っ立っていた。男は、名刺を取り出すと、

「わしはここにいる。一度訪ねて来たまえ」

と汗にまみれた昭子の手につかませ、九枚目の絵をクルクルと丸めて、「では、おやすみ」

と足早に立ち去って行った。

昭子はよろけて二、三歩後ずさると、ビルの入口の階段にぐったりと腰をおろした。口の中が、まるで長距離を走った後のようにカラカラに乾いている。じっとりと、体中に汗がにじんでいた。

何か、自分が汁を搾《しぼ》り取られた後のレモンになったような気がした……。

気が付くと、手にした名刺が、しわくちゃになっている。知らずしらず、握りしめていたらしい。

ぼんやりとそれを眺めていると、

「一枚描いてくれよ」

と声がかかった。いささか酒の入った男だ。昭子はふらつく足を踏みしめながら立ち上がった。

「何だい、あんたも酔ってんのかい？」

男が愉快そうに言った。昭子はスケッチブックを拾い上げた。――ほとんど機械的に手を動かして、描いた。

「おい、もうちょっといい男だぜ、俺は」

と酔った男は文句を言ったが、「まあいいや……。千円だな」

とポケットを探った。

「いりません」

と昭子は言った。

「――何だって？」

「その絵は差し上げます」

「へえ……えらく気前がいいじゃねえかよ」

「この仕事をやめるんです。それが最後の一枚ですから。記念にあげます」

「そいつぁすまないね……。じゃ、大事にとっとくぜ。将来、あんたが有名になったら、値が出るかもしれねえからな」

昭子は思わず微笑んだ。

「そうね。そうなるといいけど」

「じゃ頑張れよ、ねえちゃん！」

酔っ払いは昭子の肩をポンと叩《たた》いて、絵を両手に、捧げ持つようにして、フラフラと歩いて行った。——昭子は道具を片付け始めた。

描いては破り、描いては破ったあの絵が、昭子の中の何かを変えたようだった。

明日からの生活に、何のあてもないのだが、もう似顔絵はやるまいと心に決めた。そしてもう一度名刺を眺めた。〈画商・中路信一郎〉とあった。

これが昭子と中路との出会いだった。


「どうかしたのか?」

中路が、昭子が足を止めているのに気付いて振り向いた。

「え?——いいえ、別に」

昭子は首を振って歩き出した。中路は、美術館の入口の階段に立って、じっと見送っている男の姿を目に止めた。

「知ってる男か?」

「分らないの。じっと私の方を見てたもんだから……」

「昔の彼氏にしてはちょっと年齢《とし》を食ってるな」

「やめてよ」

昭子は顔をしかめた。——誰《だれ》だったのだろう? 昭子は懸命に思い出そうとした。確かに、どこかで会ったことはあるのだが……。

「さっきの女の子がお気に召したようね」

昭子は中路の車に乗り込みながら言った。中路は運転手へ、

「店へ」

と一言、言いつけておいて、「なかなかいい絵を描く。本当なら入選だ」

「じゃ私のを落とせばよかったのよ」

中路は頰《ほお》を軽くひきつらせた。これが中路の笑いだ。

「怒ったのか」

「どうして私が怒るのよ？――あんな絵、私に言わせれば小学生が遠足へ行って描くようなもんだわ」

「いや」

中路は首を振った。「少なくともあの絵は、何を描きたいかが分っている者が描いた絵だ。タッチは未熟だが若々しい」

昭子は何も言わなかった。絵に関しては、中路の目は確かである。それ以外のことにかけては、中路はけっして人好きのする男ではない。だが絵だけは――その画家の力を見抜く目だけは、他人の及ばないものを持っていた。

「よく私の絵が入選したわ」

昭子は正直に言った。「本当のところ、入選するなんて思ってなかった。全然身が入ら

なかったんだもの」

「審査員にも反対する者がいたよ」

「そうでしょうね」

「最後は投票で決まった」

「みんなあなたに遠慮して票を入れたんだわ」

「そうだとしても、入選は入選だ。わしはそう悪いと思わなかった。少なくとも、この前の君のお気に入りよりはずっとましだ」

「そうかしら？」

「身が入らない肖像だけに、君は突き放して対象を眺めている。筆が冷酷になった。いいことだ。夢中で惚《ほ》れ込んで描いたら、安っぽいラブ・レターのようになる」

「むずかしいのね」

「むろんだ。あの絵は売れるだろう」

昭子は車窓の外を眺めていたが、ふと思い付いたように、

「あなた、どっちに投票したの？」

と訊《き》いた。

「落選だ」

中路はさり気なく答えた。

「あなたって、分らないわ」

昭子はベッドから出ると、裸身に赤い絹のガウンをはおって言った。

「何がだね？」

中路はまだベッドにいた。六十近い男とは思えない、よくしまった体をしている。女を相手にしても、充分に歓ばせる逞しさがあった。肉体的な逞しさというよりも、脂《あぶら》ぎった欲望の若々しさ、といおうか。

「絵にあれだけの目を持ってるのに、女に着せるものときたら、赤、赤、赤。趣味の悪いことったらないわ。よくこんなものを着せるわね。どうしてなの？」

「人間、一日中名画の中で暮らしちゃいられないさ」

と中路は答えた。「たまには悪趣味の中にどっぷりと身を浸しているからこそ、美しいものが分る」

「それじゃ私はその『たまの悪趣味』の役をやらされているわけね？　ひどいわね！」

「君は悪趣味だった。あの似顔絵を描いてるころはね」

「今は？」

「君自身がいい趣味を持つようになった。だからたまにそうして趣味の悪いものを着せて、以前の君を思い出すことにしているんだ」

「どうして？」

「趣味の悪い君のほうが可愛《かわい》かったからだ」

「はっきりものを言うのね」

昭子は苦笑いして浴室へ入って行った。ガウンを脱いで、熱いシャワーを浴びる。情事で汗ばんだ体には一番だ。

昭子が中路のものになったのは、初めて中路を彼の店へ訪ねた、その夜だった。昭子は計算ずくで中路に身を任せたわけではない。結果的に、中路の愛人になったことで、昭子は画家として認められるようになりはしたが、それが昭子の狙《ねら》いではなかった。

昭子はかなり純粋な気持ちでいたのである。中路の、自分の絵を見た厳しさに圧倒され、強く魅《ひ》かれたのだった。別に見返りを期待したわけでも、要求したわけでもなかったが、中路は彼女の気持ちを確かめるでもなく、このマンションを買い与えた。昭子にしても、安アパートで暮らすよりは、とここへ移って来たわけである。

何かと自分のことを非難する連中のいることは承知の上だったが、もともと昭子は、あまり人の思惑など気にしない性質《たち》だ。週に一、二度、中路に抱かれて、好きな絵を描いていられるのだ。文句を言うこともなかった。

シャワーで汗を洗い流して、鏡の前に立った。バスタオルで体を拭《ぬぐ》いながら、あの、似顔絵を描いていたころの自分はどんな風だったろうかと考える。――ずいぶん昔のような気がした。

どうにも、あのころの自分の顔を思い浮かべることができない。そんなに変わっているはずもないが、しかしやはりまったく違うような気もする。色々なことがあって、思い出したくないのだろうか。

三島との同棲《どうせい》、妊娠、堕胎……。今考えても、苦い思い出だった。三島は、思いもかけない死に方をしたが……。あれも天罰というものだ、と昭子は思った。

「そうだわ」

思わず言葉が口をついて出た。

「何だって？」

中路が浴室へ入って来た。

「思い出したのよ、今日美術館で私を見てた男の人」

「以前の亭主だったのか？」

「冗談はやめて。——あの人、刑事さんよ」

「刑事？」

中路は眉をひそめた。「どうして君が刑事など知ってるんだ？」

「別にどうっていうことないのよ。ただ、以前にちょっと話を聞かれたことがあるだけ」

「その程度でよく憶えていたな」

「そうね。何となく印象に残ってたんだわ。だって刑事と話すなんて、そうそうあることじゃないでしょう」

「いや、わしが言うのは、向こうが君のことをよく憶えていた、ということだ」

「ああ。それなら……」

と言いかけて、昭子はためらった。

「何だ？」

「私が美人だったからでしょう」

と言って昭子は笑った。

部屋へ戻って、昭子は紅茶を淹《い》れ、ウイスキーを少し落とした。これが中路の好みである。女と寝た後には、必ず飲むことにしているらしかった。

「――紅茶、どうぞ」

と昭子は、浴室から出て来た中路に言った。

「ああ……」

中路はガウン姿でアームチェアに座ると、

「大きな事件だったのか？」

と訊いた。

「何が？」

「その事件さ、刑事に訊問《じんもん》されたという」

「ずいぶん気にするのね」

昭子は呆《あき》れたように、「別に訊問されたってわけじゃないのよ。ただの目撃者で、容疑者じゃなかったんですからね」

「どんな事件だったんだ？」

昭子はうんざりして、

「いいじゃないの、そんなこと、どうだって！」

中路はゆっくり紅茶をすすってから、

「どんな事件だったのか、話してくれ」

と言った。——昭子は諦《あきら》めたように肩をすくめた。中路は何ごとも自分の意志を押し通してしまう男である。逆らってもむだなことだ。

「殺人事件よ。中学生——だったかな。女の子が変質者に殺されたの」

「どこで？」

「私が似顔絵を描いてた所の近くの公園よ。その件で、あの刑事が私に聞き込みに来た、というわけなの。もう一人、若い刑事が一緒だったわ」

「君が目撃者だというのは？」

「私はいつも通り、あそこで商売をやってたでしょ。殺された女の子と、ある男が私の向かいで待ち合わせてたのよ。道を挟んで反対側ね」

「それを見たのか」

「ええ、そう。で、どんな男だったかって訊かれて……話したわけよ。それだけ」

「その男は捕まったのか？」

「捕まりそうになって逃げ出したんだけど、そこへトラックが来て、はねられて死んだのよ」

昭子は早口に一気に言うと、「さ、もういいでしょ。そんな話、やめましょうよ」

中路は黙って紅茶を飲み続けた。


どうして中路はあんなにしつこく事件のことを訊いたのだろう？——夜、一人でベッドに入って、昭子は思った。昭子にとっては思い出したくもない出来事だったのに。

実際、中路が絵以外のことで、あれほど興味を示すのは珍しかった。何か特別の理由でもあるのだろうか……。

——その晩、昭子はなかなか寝つかれなかった。三島の死を報じた新聞を見た時のショックが、まざまざとよみがえって来た。昭子は、まだあの傷がいえていないことを知って驚いた。同時に、あの刑事のことを考えた。刑事に嘘《うそ》をついたのだ。今の今まで感じたことのなかった後悔の念が湧き上がって来た。

あの夜、確かに昭子はあの場所に立っていた。そして道の反対側にたたずむ男をスケッチしたのだが……。

2

轟淳子は、爽子が宮本という男と一緒にタクシーを拾って行ってしまうと、父親の方を向いた。

「どう？　よさそうな人だった？」

「ああ、とても責任感の強そうな男だ。あれならうちの主任にうってつけだろう」

「よかったわね」

二人は美術館の階段を下って行った。

「お父さん、会社へ戻るんでしょ？」

「ああ、そうする。お前は？」

「私はもう少しここにいるわ。まだ友だちが来るの」

「そうか。まあ、あまり遅くなるなよ」

「分ってるわ」

と肯いて、「お父さん、ワーゲンのほうがよかったら使っていいわよ」

「お前は？」

「私は別に遠くへ行かないから、セドリックでいい。お父さん、ワーゲンに乗りたいんでしょ?」

「そうだな。ま、どっちでもいいが……」

「いいわよ。さ、キー。お父さんのをちょうだい」

「よし」

二人はキーを交換した。

「ワーゲンの場所、分るでしょう?」

「ああ、入って来る時に見たよ。セドリックは一番奥の列にある」

「OK。じゃ、バイバイ」

淳子は手を振って、美術館へと戻った。

自分の絵の前に立つ。佳作なんて、と爽子には文句を言ってみせたものの、実際は躍り上がりたいほどの嬉《うれ》しさだった。

〈佳作・轟淳子〉の文字が、まるで飛び出して来るように見えた。

きっと何時間こうして見ていても飽きないだろうな、と淳子はうっとりして考えた。客の数も、午後に入って増えているようだ。

描くことこそが喜びで、有名になんかならなくてもいい。そう気取っては見せるものの、今、こうしていると、一人でも多くの人にこれを見せてやりたいという気持ちになった。

客が自分の絵の前で足を止めて眺めていると、誇りで胸がふくらむ。

二人連れの客が、自分の絵を見て肯き合った時には、本当に、それ、私の絵なんです！

——そう叫びたくなった。

それに加えて……そうだ、中路がこれを買ってくれる。今後の作品は全部見せるようにと言った。あの中路が、彼女の実力を認めたのだ！

それは本当に大したことに違いなかった。そして、淳子にとっては、またもう一つの意味で、重要なことだった……。

「もしもし」

誰かが肩を叩いた。「いつまで同じ絵を見てるつもりなんですか？」

振り返ると、警備員の制服を着た男が立っていた。

「来てくれたのね！」

淳子は声を弾《はず》ませた。八代は帽子を脱いで、

「脱け出して来たんだ。親父《おやじ》さんは？」

「さっき帰ったわ、会社のほうへ。だから大丈夫よ」

「それならいいけど、ばれると一大事だからな」

「ねえ見て、私の絵よ」

淳子は八代の腕にしがみつくような格好で、彼を絵の前へ引っ張って行った。「いか

が？」

八代は真面目くさった顔で、淳子の絵を眺めていたが、やがてこっくりと肯いた。

「いいね、実に」

「そう？　どの辺がいい？」

「名前がいい」

「いやあね！」

淳子は八代の脇腹を軽くぶった。「——さ、下の喫茶室へ行きましょ。それくらいの時間はあるんでしょ？」

「いや、すぐ倉庫へ戻らないと」

「あら……。冷たいのね」

と淳子がむくれると、八代は笑って、

「行くよ行くよ。クビを宣告されたら、君に養ってもらうさ」

地階の小さな喫茶店へ入ると、八代が言った。

「新しい主任っていう人、決まったのかな」

「ええ、さっきここへ来てたわ。爽子が連れてね」

「どんな人？」

「元刑事ですって。えらく真面目そうな人よ。きっと怖いわよ」

「やれやれ。こいつは厳しそうだな。——結局、話はついたんだろ?」

「ええ。明日から出勤らしいわ」

「そうか。じゃ今日一日の天国ってわけだ」

「もう一つビッグ・ニュースがあるの」

「何だい?」

「当ててみて」

淳子はいたずらっぽく笑った。

「さあ……。宝くじでも当たったのかい?」

「もうちょっとましなこと、考えられないの?」

と淳子は八代をにらんで、「私の絵がね、売れたのよ」

「本当かい!……そいつは凄いじゃないか!　おめでとう!」

と言ってから、はっと気付いた様子で、

「ねえ……それじゃ……いつかの約束は……」

と口ごもった。

「約束は守るわよ、私。政治家じゃないんだから」

二人はしばらく黙り込んだ。

淳子は、以前から約束していたのである。絵が売れたら、あなたと寝てあげる、と。

——淳子は至って落ち着いたものだったが、八代のほうはすっかり緊張してしまっていた。

「じゃ、今夜、仕事が終わったら、ね?」

「いいよ。ど、どこで待ち合わせる?」

「車で行くわよ、近くまで」

「だめだよ。もし、あのフォルクスワーゲンが仲間に見られたら——」

「大丈夫。今日はセドリックで行くから。目には付かないわ」

淳子は、ちゃんと考え抜いていた。


小さなモーテルの一室で、二人の「儀式」は終わった。

「大丈夫かい?」

八代はそっと淳子の裸の胸に手を当てながら言った。

「大丈夫。——まだ少し痛いけど、それだけよ。あなたのほうこそ大丈夫? 何だかずいぶん疲れたみたい」

「ああ、へとへとだ」

八代は仰向《あおむ》けに寝て、「気分的にね。やっぱり女性と初めて寝るってのは、疲れるよ」

「今度からは大丈夫ね」

「ねえ、こうなったら、お父さんに話をして——」

「待ってよ。まだ結婚はしない、私」

「どうして？」

「考えてよ。やっと初めて私の絵が入選したのよ。そしてそれが売れたんだわ。……第一歩を踏み出したのよ。まだしばらくは絵に打ち込みたいの。分ってね」

八代はため息をついて、

「君がそう言うなら……。でも、たまにはこうして会えるんだろう？」

「大丈夫な時期《とき》にね。――あなたも無理を言わないで協力してね」

「分ったよ」

暗い部屋の中に、カーテンから洩《も》れた外の街灯の光がほの白く差し入っていた。

「誰なんだい、君の絵を買ったのは？　見に来た客？」

「画商よ」

「画商？　何だ、客じゃないのか」

「あら、画商が買い取って売ってくれるんじゃないの。客は素人《しろうと》、画商は玄人《くろうと》よ。私の絵は玄人に認められたのよ」

「なるほどね。いくらで売れたの？」

「そこまで聞いてないわ。でも中路さんは、これから描く絵は全部見せるようにって言ってくれたのよ」

「中路？」

八代は訊き返して、「中路って……君が以前話してた奴《やつ》じゃないのかい？　何だか若い女を愛人にしてるとかいう」

「ええ、その人よ。でも私のことなら大丈夫。心配しないで。それに何といったって、あの人の影響力は大したものなのよ」

「それにしたって……。何か妙な下心があるんじゃないのかい？」

「あら、それじゃまるで私の絵は大したことないみたいじゃないの」

「いや、そうは言わないけど……」

「取り越し苦労よ。私は絵のために身を売ったりしないわ」

「信じてるよ」

八代は淳子の方へ向き直って、彼女の裸身を愛撫《あいぶ》し始めた。淳子は静かに、さざ波のように打ち寄せて来る快感に身を任せた。


「もしもし、八代さん？」

淳子は呼びかけた。ちょっとの間、返事がなかった。

「もしもし？」

「八代です」

「あ、何だ。いないのかと思った。私よ。どう？　元気？」

「まあね。君は……元気そうだね」

「ええ。――どうしてそんなこと言うの？」

「ずっとあいつの所へ入りびたりらしいじゃないか」

「あいつって？」

「中路とかいう画商さ」

八代の不機嫌そうな声に、やっと淳子は気付いた。

「怒ってるの？　ごめんなさい。このところ忙しくて電話する暇もなかったのよ。本当よ。――実はね、この間の絵が海外へ出品されることになったの」

「そりゃよかったね」

と八代は投げやりな口調で言った。淳子はちょっとむっとした。

「何を怒ってるのよ。――あなただって約束してくれたじゃないの。私が絵に打ち込むと言ったら、協力すると言って」

「君が絵だけに打ち込んでりゃ文句はないさ」

「そうじゃないって言うの？」

「中路って奴の車であちこち出歩いてるって聞いたぜ」

「何よ、その言い方は？」

「嘘だっていうのか？」

「出品の手続きのことが私にはさっぱり分らないから、色々教えてもらってるんじゃないの。そんな風にかんぐるんだったら……」

淳子は言葉を切った。

「ともかく、一度会ってくれよ」

八代は元気のない声で言った。淳子は、

「そんなこと言われるんじゃ会いたくないわ」

と突っぱねた。八代はちょっと慌てた様子で、

「いや、ごめん。謝るよ。君のことが心配でね、つい……。もう言わないよ」

「分るもんですか」

淳子は言った。「私のことが信じられないんだったら、もうお付き合いはやめましょう」

「待ってくれよ！——待ってくれ。悪かったよ。……君を信じるよ。ただ、ちょっと会えなくて不満なんだ。声だけでも聞いて、よかったよ」

淳子はしばらく黙ってしまった。

「——もしもし」

八代の心配そうな声が聞こえて来る。「聞いてる？　もしもし」

「聞いてるわ」

「怒らないでくれよ。頼む」

「怒ってないわ……。今日ね、そっちへ行くの。父を迎えに」

「少し会えるかい？」

「ええ……。何とか。お昼休みになるように行くわ。出て来られるわね？」

「もちろん行くさ！」

「じゃ、後でね」

淳子は受話器を置いて、疲れたように深く息をついた。——自分の部屋へ戻ると、ぼんやりとベッドに腰をおろして、今の八代との会話を思い出してみた。

彼に謝らせてしまった。嘘をつき通してしまったのだ。自分に、そんなに巧《うま》く嘘がつけるということが、驚きだった。

八代の心配は当たっていた。淳子は、もう中路に一度身を任せていたのだ。だが、とてもそんなことを彼には言えなかった。

君の作品を海外へ出してみよう。

そう中路に言われた時、淳子は耳を疑った。いや、君の作風は割合に海外で理解されるかもしれない。日本でどんな大家だって、外国ではまったく目もくれないという例はいくらでもあるんだよ。

お願いします。淳子は声を弾ませて言った。不思議だった。中路はけっして露骨に、淳子の体を求めはしなかった。むしろ、淳子のほうが、すすんで体を与えたような形になっていた。

それが中路の、不思議なところなのかもしれない。――だが、いずれにしても、結果は同じだ。絵を世に出すために、画商に身を任せたのだ。淳子自身が最も軽蔑《けいべつ》していたことを、やってしまったのである。

どんな顔で八代に会えばいいのだろう。会って、何と言えばいいのだろう。淳子は頭をかかえた。――しかし、もう時間になっていた。

行かなくてはならない。

外出の支度をし、フォルクスワーゲンで、倉庫へと向かった。

宮本が死んだ日の、午前十一時であった。


宮本と別れ、父を乗せて、車を走らせ始めた淳子は、倉庫の角を曲がった所で、車を停《と》めた。

「どうした?」

轟が不思議そうに訊いた。

「私、ちょっと……」

帰ってしまうつもりだった。八代には会わずに戻ろうと思っていた。しかし、いざこうして目の前まで来てみると、このまま帰るというわけにもいかなかった。

「ちょっと降りるわ。お父さん、運転して行って」

「そりゃいいが……。どうかしたのか？」

「いいえ。何だか少し歩きたい気分なの。それじゃ、ね」

淳子はさっさと車を降りて、当惑顔の父を尻目に、倉庫とは反対の方向へ歩き出した。フォルクスワーゲンが走り去ってしまうと、淳子は急いで倉庫の警備員室へ向かった。もうそろそろ十二時になる。

八代は淳子の姿を見ると思わず腰を浮かした。心待ちにしていたのがよく分る。淳子は胸が刺されるように痛んだ。

「やあ、時間、正確だね」

「宮本さんは？」

「上に行ってる」

「上？」

「スプリンクラーの点検だよ。本当は僕の仕事なんだが、今日の昼は約束がある、と言ってね。――少しゆっくりできるんだろう？」

「ええ……。まあね」

淳子は曖昧《あいまい》に肯いた。「でも人が大勢いるんでしょ？」

と、人の声や荷物を動かす音が反響している倉庫の上の方に目を向けた。

「いることはいるけど、昼になれば、みんな地下の食堂へ行くからね。中は誰もいなくなる」

「あなたは?」

「昼一回ぐらい抜いたって、どうってことないさ」

その時、昼休みを告げるチャイムが倉庫の中に鳴り渡った。

「おいで!」

八代は淳子の手を取った。

「——どこに行くの?」

「人のいない所さ」

人気のない階段を二人は上がって行く。

「食堂へ行く人が来るんじゃないの?」

「大丈夫。みんな業務用のエレベーターを使うからね。この階段だと食堂に一番遠い端に出ちまうんだ」

四階まで上がると、八代は荷物の山の間を歩いて行った。

「誰かいるんじゃないの?」

「今日はこの階では作業はないんだ」

「調べておいたの？　呆れた」

　思わず淳子は笑った。

「ああ、やっと君らしい顔になったね」

「え？——私、そんなにひどい顔してた？」

「何だか心配そうなね。何かあったのかい？」

　八代は置いてあったフォークリフトの台に腰をおろしながら言った。

「別にないわ。ただ、あなたが怒ってるかと思って心配だったから……」

「怒っちゃいないさ。でも、気になってね。——中路って奴、君に何もしない？　大丈夫かい？」

「心配性ね！　相手はいくら何でも六十歳よ。そうそう若い女に手を出してたら、死んじゃうわよ。みんな大げさに言ってるだけ。本当よ」

　淳子自身にも、その言葉は本当のように響かなかった。無理をしていることが、よく分った。嘘をつけ、と八代が腹を立てるに違いない。——が、八代はほっとしたように、

「そう聞いて安心したよ。六十のじいさんにやきもちやいたって仕方ないな、考えてみりゃ」

「そうよ。意味ないわ」

　淳子は笑った。恋をしていると、男はこんなに簡単にだまされてしまうものなのか……。

八代が淳子を抱き寄せてキスをした。淳子は反射的に身を引こうとして、やっと思いとどまった。彼に疑われてはいけない。ここはされるままになっていなくては……。

淳子は強く抱き締める八代の腕に身を委《ゆだ》ねながら、中路に体中を撫で回された感触がよみがえって来るのを感じた。快感も歓びもなかったが、その粘りつくような手の感触だけは奇妙にはっきりと記憶に残っている。淳子は身震いした。

「どうしたの?」

八代が気付いて体を離した。

「いいえ……。何でもないわ。ただ……落ち着かないわ、こんな所で」

「それはそうだな。僕はいつもいるから慣れてるけど」

と八代は笑った。「今夜、どうだい?」

淳子はためらった。——中路が、夕食に呼んでくれている。それを断わることはできそうになかった。君の今後のことについても話したい。そう言われていた。今、自分の画家としての将来は中路の手の中にあるのだ。

「悪いけど……今夜は」

「そうか。——いや、いいよ。無理は言わない約束だからな」

「ごめんなさい」

「君のいい時に電話してくれよ」

「ええ、必ず。きっと二、三日中には時間が取れると思うわ」

「分った。待ってるよ」

八代は立ち上がって、「さ、下へ行こう」

「ええ。どこかお茶でも飲める所ある？」

「外へ出ればね」

「あなた、出られるの？」

「大丈夫さ、十五分ぐらいなら」

二人は、さっき上がってきた階段の所へと戻った。八代はもう一度淳子を抱いて唇を重ねた。淳子も、もう震えなかった。

「――待って」

ふと淳子は上を見た。

「どうしたの？」

「今……何か音がしなかった？　ドスンって、物が落ちるみたいな」

「気が付かなかったけどな。ここは色々な音がするんだよ。響いて大きく聞こえるしね」

「そうかしら……」

二人はもう一度キスして、微笑《びしょう》を交わした。

「じゃ、行こうか」

「ええ」

階段を下りかけて、二人は足を止めた。誰かが階段を駆け下りて来る。カタカタと靴の音が上から近付いて来た。

「宮本さんかな。まずいや、戻ろう」

二人は急いで階段から、四階の荷物スペースの方へと戻った。「——宮本さんでもないな。あんな靴の音はしないもの」

「分るの?」

「ゴム底の靴をはいてるからね。あんなに音はしないよ」

「誰かしら?」

「さあね」

二人が低い声で語り合っている間に、その足音は四階を駆け抜けて、下へと消えて行った。八代が踊り場へ出て、そっと下を覗《のぞ》き込んだ。

「見えた?」

「いいや、音はすれども姿は見えずってとこだな。——何だろう、一体?」

「見て来たら?」

と淳子が言った。

「なあに、別に何でもないさ。それに上には宮本さんもいるしね。さ、下へ行こうよ」

「ええ。そうね……」

淳子は肯いた。二人は軽い足取りで階段を下りて行った。

この三十分足らず後に、八代は宮本の死体を見つけることになる。

3

宮本の葬儀から十日ほどたって、爽子は淳子の父から電話を受けた。

「ちょっと会って話したいんだが……」

轟の声はどこかためらいがちで、落ち着かない調子だった。

爽子は轟の会社の近くで会う約束をした。

「すまんね。こっちの用で来てもらうのに」

「いいえ。どうせすることがなくて困ってるんですもの」

――約束は一時だったが、二十分ほど早目に爽子は着いた。しばらく雨模様の日が続いたが、今日は気持ちよく晴れ上がっていた。こんなにいいお天気になったのは、宮本の葬儀の日以来だ、と爽子は思った。

「もう十日たったのね……」

女性物の服が並ぶショーウインドウを眺めながら、爽子は呟《つぶや》いた。

ショッピングセンターになっているビルは、若い女の子たちで込み合っている。それに混じって、昼休みのサラリーマンや、事務服姿のＯＬたちがぶらぶらと歩いている。——勤めというものをしたことのない爽子には、勤め人にとって、昼休みというのがどんなものなのか、見当がつかない。のびのびと体を動かしているでもなく、じっと休んでいるわけでもない。同僚としゃべったり、本屋で経営書を覗いたり、あまり有意義とも思えない時間を過ごしているようだ。

私なら、もうちょっと違うように——軽い運動をするとか、一人で静かな所に行くとかするだろうけど、と爽子は思った。でも、それは勤めを知らないから言うのかもしれない。休み時間とは、ただ緊張の合間の弛緩《しかん》でよいのかもしれない……。

「こんな所に……」

画材店の前でふと足を止めたのは、やはり淳子のことが頭にあったからだろう。轟が相談したいというのは、淳子のことに違いないと思っていたのだ。

どこか近くに美術学校でもあるのか、店はいくらかだらしなくジャンパーやセーターを着込んだ学生たちで結構埋まっていた。爽子には絵の趣味はない。入口でちょっと中を覗いて、そのまま行ってしまおうとした時、

「ちょっと」

と呼びかけられて振り向いた。「あなたはこの間の——」

と言ったのは、スモックにジーパン、ベレー帽、肩から大きな布のショルダーバッグを

下げた、いかにも画家スタイルの若い女だった。爽子は戸惑って、

「あの、どなた……」

と言いかけてから、「あら」

と思わず声を上げてしまった。――沼原昭子だったのだ。

「ごめんなさい。見違えてしまって」

爽子は昭子の服装を改めて見直した。「でも、このほうがずっとお似合いね」

昭子は思いがけず愉快そうに笑った。

「私も一人の時はこの格好よ。堅苦しい服は嫌いなの」

爽子は、宮本の葬儀の時とは、まるで別人のように見える昭子に、ちょっとまごついた。なぜ声をかけて来たのだろう、と思った。あの時は、逃げるようにして行ってしまったのに。

しかし、昭子のほうから声をかけて来たのは、願ってもないことだ。この機会を逃してはならない、と思った。

「絵の道具を買いに？」

と爽子は訊いた。

「そう。絵筆がね。――えらく高いのを持ってるんだけど、だめなのよ。使いにくくって。安物のほうが手になじむの。貧乏人なのね、やっぱり」

「でも素敵だわ。そうして絵を描いてコンクールに入選して。私なんか、まるで無趣味人間ですもの。退屈で死にそうになる時があるくらい」

「人間、退屈くらいじゃ死なないわよ」

昭子は逆らうように言って、「あなた、あの死んだ刑事さんと親しかったの？」

「宮本さんと？　いいえ……仕事を世話してあげただけ」

「本当？　この間の様子じゃ、そうでもなかったみたい」

とからかうように言って、「どこかでお茶でも飲まない？」

爽子は驚いた。昭子が一体どういうつもりなのか、見当がつかない。きっと、もともとが気分屋なのかもしれない、と思った。

轟との約束まで、十分程度しかない。爽子は一瞬迷ったが、すぐに肯いた。

「いいわ。——どこか店を知ってる？」

「この辺は昼は込んでてねえ」

と昭子はちょっと考えていたが、「来て」

と先に立って歩き出した。轟を待たせることになっても仕方ない。轟の話が淳子のことならば、昭子から話を聞いておくのが、余計に大事である。

昭子は、ビルの地下から連絡地下道へ入り、そこの、ちょっと目に付きにくい喫茶店へ爽子を連れて行った。穴場とでもいうのか、この時間でも空席があって、店の中も静かだった。

「この辺は詳しいの？」

と爽子は訊いた。

「前に通ってた美術学校がこの近くでね」

昭子はタバコをくわえて火を点《つ》けた。

「それであんなお店があるのね」

どう話をしたものか、爽子は考えながら、思いつくままの雑談を続けた。昭子のほうから誘ったのだ。おそらく昭子が切り出すのではないか、と思った。それまでは、無理に話を持ち出すまい……。

「肖像画だったわね、あなたの入選作」

「そう。人を描くほうが面白くてね。……描いてるとその人のことが色々分ってくるわ。同じポーズでじっとしていても、表情は刻々と変わって行くし、それを眺めてると飽きないわよ。——似顔絵をしばらくやってたせいかな」

「アルバイトにやってたそうね」

きっかけができたせいか、昭子がいきなり話に入った。

「気になって仕方ないのよ。特にあの刑事さんと話してからね」

「どういうことが？」

「あの人は言ってたわ。あの時、貼ってあった絵の中の顔を、ごく最近見たってね」

「ええ。聞いたわ。あなたは心当たりがあるの？」

「そう……。あるような気もするのよ」

昭子は曖昧な言い方をした。

「だって、あなたは憶えてるでしょう、その顔を？　だったら――」

「そう簡単にはいかないのよ」

「というと？」

「思い出せないの、どんな顔だったのか」

爽子は信じられない思いで昭子を見つめた。昭子は肩をすくめて、

「考えてもみてよ。私は毎日毎日、何人もの似顔絵を描いたのよ。その顔の一つ一つなんて憶えちゃいられないわ」

なるほど、言われてみればその通りかもしれない。

「でも、宮本さんたちがあなたに犯人のことを訊いたのは、事件の翌日でしょう？　その時にならー―」

「分ったはずね。確かにそうよ。でも……あの三島って男にせめてもの仕返しをしてやれると思うと、そのことしか考えなかったの。刑事相手に嘘をつくっていうのも疲れるもんだわ。終わってしまったら、それきり考えないようにしたの。その内に……忘れてしまっ

たわ。中路に会って、似顔絵をやめた時、手もとに残った絵は整理して、処分したのもあるし、山荘へ運んだものもある。……どちらだったか、私にも分らないわ」

「じゃ、憶えていないの？」

「そう。でも気になってね……」

昭子は、さっきの快活さとは打って変わって深刻な表情になった。「本当にあの刑事さん、殺されたんだと思う？」

「何とも言えないけど……でも、殺されるかもしれないと思ってたのは事実よ」

昭子はちょっと間を置いて、

「私も同じような気分」

と言った。

「どういうこと？」

「何でもないわ。私、その内、山荘へ行ったら調べてみようと思ってるの。どこかの段ボールに入ってるはずだから。――色々なスケッチやデッサンといっしょくたにして詰め込んであるから、捜すのは大変だと思うけど」

「そこまでするのは……。あなたも何か心当たりがあるのね？」

「言ったでしょ。分らないのよ」

昭子は頑固《がんこ》に言い張った。「あの刑事に言われて、何だか本当にそんな気になっただけなのよ」

「もし捜して見付かったら……。警察へ届ける？」

昭子はしばらく答えなかった。タバコをもみ消した灰皿をしばらく見つめていたが、やがて爽子の目を真っ直ぐに見て、

「その時に考えるわ」

と言った。「行きましょう」

と唐突に立ち上がる。爽子も慌てて席を立った。

「私に払わせて」

と言いかける爽子を、

「ここは私の領分よ。任せて」

と昭子は押さえた。爽子も、強いて逆らわなかった。——これで、また会う機会を作れるかもしれない、と思っていたせいもある。

上の階へのエスカレーターに乗って、爽子は訊いた。

「轟淳子って子のこと、知ってる？」

「ああ、中路の新しい愛人ね？」

やはりそうだったのか！　予期していたこととはいえ、爽子はショックを受けた。

「そうか。あなた知ってるのね、彼女を。この間のお葬式の時に話してたものね」

「古い友だちなの。――宮本さんは彼女のお父さんの所で働いてたのよ」

「そうなの。じゃ、あの倉庫が？」

「ええ。これから彼女のお父さんに会うんだけど……。彼女、どうなってるの？」

「そうねえ。中路しだいよ。あの人に見込まれたら、蛇ににらまれたカエルね。すくんじゃって動けなくなるわ」

二人は一階へ出ると、何となく歩いて行った。ふと気が付くと、爽子は轟と待ち合わせた店の前に来ていた。

「あ、ここで待ってるはずだから」

と爽子は言った。「また会いたいわね」

「そう……。機会があったらね」

あまり気のない様子で言うと、昭子は店の奥を覗いて、「こっちを見てるおじさんがいるわよ」

「え？――あ、あの人が淳子さんのお父さんなのよ」

「そう。あんまり似てないのね」

と昭子は関心なげに言った。「じゃ、さよなら」

「さようなら」

昭子は足早に歩いて行ってしまった。爽子はその後ろ姿が、どことなく寂しそうに見える、と思った。――気のせいだろうか？

「すみません、お待たせして」

店へ入るとき、チラリと時計を見ると、もう一時半近かった。

「いやいや、すまないね。呼び出したりして。――今のはお友だちかね？」

何と言ったものか、と少し迷ってから、

「ちょっとした知り合いなんです」

と逃げた。「で、お話って何でしょう？」

「うむ……。まあ、何か頼みなさい」

轟もなかなか切り出しかねているようだ。

「淳子さんのことですか？」

「うん。君も……大体想像がついとるんじゃないかと思うが……」

「どうですか、彼女？」

「心配でならんのだよ。近ごろはあの中路とかいう画商の所へ入りびたりだ。――出品のことで色々打ち合わせることがある、と言うんだが、詳しいことは訊いても何も言わんし、しつこく訊くと怒ってしまう。どうもね……」

轟はため息をついて椅子《いす》の背にもたれた。

「ただ仕事の話に行っているとは思えんのだよ」

爽子は何とも言うべき言葉がなかった。轟の想像が正しいことは、今の昭子の話でも分っているが、まさか、そうですとも言えない……。轟は爽子をじっと見て、

「どうだろう、君になら淳子も本当のことを話すかもしれんと思うんだが」

「もし……轟さんの想像通りだとしたら……」

轟はしばし考え込んだ。

「……まあ、あいつももう子供ではない。何をしようと自由だ……。しかし、やはりわしとしては、そんな真似《まね》をして絵描きになってほしくないんだ。好きなだけ絵ぐらい描かせてやる。パリにでもどこにでも行かせてやる。──何とかあいつの気持ちを確かめてくれんかね」

断わることはできなかった。

「分りました」

気は重かったが、爽子は肯いた。轟はほっとした様子で、まだ半分近く飲み残していたコーヒーを飲もうとして、すっかりさめ切っているのに気付き、

「おい！　もう一杯コーヒーを！」

と怒鳴った。「──今、一緒にいた女性も画家みたいな格好だったね」

「え、ええ……。あの人、中路の愛人なんですの」

轟は唖然《あぜん》とした様子だった。

「あれも？……何て奴だ、その中路って男は！」

と憤然と言った。「君がどうしてあの女を知ってるんだ？」

「亡くなった宮本さんとの関係で……」

爽子は、宮本と昭子とが関わり合ったきっかけの事件のことを話して聞かせた。そんなことまで話す必要もなかったのだが、ともかく淳子のことから話をそらせたいという気持ちでしゃべったのだった。

轟はふんふんと肯きながら聞いていた。

「何とも奇妙なつながりだね。偶然のようでいて、必然的とでもいうか……」

「あの女《ひと》も悪い人じゃないんです。やっぱり画家としての立場を築くために中路の言うなりになったんでしょう」

「自分を粗末にして、まったく今の若い者のすることは分らん」

そう言ってからふと、「ああ、君も若いんだった。すまん、すまん」

と笑った。

「いいえ、私はもうとしですから」

と爽子も微笑んだ。

「そう言えば……あの事件、憶えてるよ」

「え？」

「中学生か何かの女の子が殺された事件だった。新聞にはそうとは出なかったが、週刊誌で、中学生売春の一人だったと書いてあったのを読んだよ。その時も思ったもんだ。まったく自分で自分の首をしめるような真似をどうしてするのか、とね」

「本当ですね。——可哀《かわい》そうな気もします。お金のために体を売るなんてことを、そんなころから考えるなんて……」

「まったくね。——そうだ。その時に、犯人の似顔絵というのも確か載っていたな。そうか、あの娘が描いたのか。そして宮本さんはそれで警察を追われ……」

「私の婚約者が死んだんです」

轟は深くため息をついた。

「因縁《いんねん》とでもいうのかな……不思議なものだ」

爽子も、言われてみればそうだわ、と思った。宮本を紹介したのは自分だが、その後、事態は奇妙に誰もが離れずに絡み合って進んで行った。

爽子は、ふと何かが起こるんじゃないか、という予感に捉《とら》えられた。このまま行けば……何か、恐ろしいことが……。


「やあ、どう？」

淳子がいつもながらの快活な様子で現われた。爽子も笑顔で手を振ったが、どうにも気は重かった。

ホテルのロビーは適度に静かで、適当に人の姿もちらばっている。二人はよくここを待ち合わせに使っていた。

「元気？」

と月並みな口をきくと、

「まあね」

と淳子は応じて、身体《からだ》がすっぽりと埋まりそうなソファへ腰をおろした。「何なの相談って？」

「うん……。ちょっと言いにくい話なんだけど……」

「恋人でもできたの？　それなら結構じゃない」

「私のならね。あなたの恋人の話なのよ」

と爽子は言った。淳子の顔から明るさが見る見るうちに消えて、大きく息をつくと、ソファにもたれ込んだ。

「うちの親父ね」

「心配して私に相談して来たのよ。——淳子、あの中路って男と、どうなってるの？」

「どうって……どうもなってないわよ」

反抗的な言い方にも力がなかった。

「あなた彼の愛人になってるんでしょ。分ってるのよ」

「どうして？」

「沼原昭子から聞いたわ」

「会ったの？」

「偶然にね」

淳子は表情を固くした。

「あの女が何て言おうと関係ないわ。——そりゃ、中路は女好きな男かもしれないけど、遊びは遊びと心得てるわ」

「でも、あなたはどうなの？　遊びで済むの？」

「放っといてよ！」

淳子は語気荒く言い返した。「あなたに関係ないでしょ！」

爽子は口をつぐんだ。そう言われてしまえば何とも言いようがない。

「ねえ、淳子。あなただって、自分のしていることがいやなんでしょう？　だからそうして意地になってるんだわ」

「自分のしてることぐらい分ってるわよ」

淳子はじっと正面を見据えたまま答えた。

「このまま、ずっと続けるつもり？」

「そんなこと分らないわよ」

爽子はしばらく黙っていたが、やがて静かに口を開いた。

「あなたが絵のためにそんなことをしたのだとは思わないわ。でも、自分を大切にして。まだまだ私たちはこれからなんだから」

われながら、道徳の教科書のような、説得力のない言葉だと思ったが、しかし、他に何と言っていいのか、考えつかないのである。

「他に言うことがなかったらもう行くわね」

淳子は立ち上がった。「明日の晩から彼の山荘へ泊まりに行くのよ」

「中路の？——あなた、本当に行く気なの？」

「もちろんよ。悪い？」

挑むように言って、淳子はクルリと踵《きびす》を返すと、ロビーから、ほとんど走るのに近い勢いで、出て行ってしまった。

逆効果だった。——爽子は唇をかんだ。淳子のような性格は、忠告されれば却《かえ》って反撥《はんぱつ》して突っ走る。それはよく分っていたのに……。

「こんな話をするんじゃなかったわ」

と呟いて、爽子は首を振った。轟へ連絡しなくてはならない。どう話したものか、気が重かった。

電話を捜してロビーを歩きながら、ふと爽子は思った。淳子は中路の山荘へ行くと言った。——山荘。沼原昭子が絵を置いてあるという、あの同じ山荘のことだろうか？

4

「どこへ行くって？」

中路が訊き返して来た。昭子は受話器を持ったまま、口のタバコにライターで火を点けて、一口ふかしてから、

「山荘よ、軽井沢の、あなたの。構わないでしょ」

「それはいいが……。しかし何をしに行くんだ？　今はえらく寒いぞ、あっちは」

「別に避暑ってわけじゃないわよ」

と昭子は笑った。「いいじゃないの。たまには一人で息抜きしたいの」

昭子は一人でという所に、わずかにアクセントを置いた。やや間を置いて、中路が、

「まあ、それもいいだろう」

と答えた。

「あなたにとってもいいんじゃないの？」

「どういう意味だ？」

「あの新しい彼女とここを使えばいいわ。どうせ鍵《かぎ》を持ってるんだし」

「いい考えかもしれん」

中路は至極真面目に言った。「向こうで絵を描くのか?」

「そのつもりよ」

「それは楽しみだ。少し風景でも描けば、また気分転換になるかもしれん」

「風景とは限らないわよ」

「一人で行って、何を描くんだ? 自画像か?」

「どうかしら。——似顔絵かもしれないわ。またアルバイトにね」

そう言って、向こうの言葉を待たず、「じゃ、それだけよ」

と受話器を置いた。

タバコを灰皿へ押し潰《つぶ》して、すでに詰め終えたボストンバッグを眺める。山荘の鍵は昭子も一つ持っていた。——行って、似顔絵を一枚一枚調べてみる。そして……。そして? どうするのだろう? これが殺人犯ですといって、警察へ持って行くのか。しかし一体誰が信用するだろう? もう彼女は一度、この男ですと言っている。それが嘘なら、今度も嘘だということになるのではないだろうか。

考えてみればまったくむだのような気もする。どうせ信じてもらえないのなら、何もわざわざ山荘まで出向いて行かなくても……。

しかし、やはり行かなくてはならない。考え、迷っているだけでは堪えられない。

どうせ車で行くのだ。急いでも仕方あるまい。昭子はもう一本タバコに火を点けると、長椅子にごろりと横になった。青い煙が天井へとゆらぎながら溶け込むように消えて行く。

——あの似顔絵の男が、中路だったかもしれないと思い始めたのは、中路がしつこく事件のことを訊いて来たせいもあったが、翌日、宮本に会った時、「確かに似顔絵の一つの顔にごく最近出会った」と言われたからだったろう。

あの前日、宮本は自分と一緒にいた中路を見ている。——一瞬目にしただけの数枚の似顔絵の顔を憶えているというのは、信じられないような話だが、しかし、時としてそういうことがあるのが現実というものだ。

自分はすっかり忘れてしまっていたのに。——あの何か月か後に、中路の顔を九枚もスケッチしたのに、思い出さなかったのだ。だが、今になって、昭子は中路の顔が、おぼろげな記憶の中で、逆の向かい側に立って、ショーウインドウの明かりに浮かんでいた顔と重なり始めたように思えてならなかった。

単なる思い違いかもしれない。しかし、そうでないかもしれない。——それならば、昭子は自らが目撃した殺人犯の愛人になっていることになるのだ。これはやはり大きなショックだった。

中路の態度もおかしい。あの日、事件のことを根掘り葉掘り訊いたかと思うと、その次にマンションを訪れた時——。

「何ですって？」

昭子は思わず訊き返した。

「似顔を描いてくれ、と言ったんだ」

「あなたの？」

「もちろん」

その日は、珍しく中路は昭子を抱こうともしなかった。疲れているから、少し休んで行くだけだ、と言った。昭子は内心ほっとしながら、若い彼女でも作ったんでしょう、とからかったのだった。

「どうしてそんなもの……」

「君の腕がどの程度上がったか見たい」

「それとも落ちたか？」

「まあそうだ」

中路は皮肉めいた笑みを浮かべた。

「いいわよ。――気に入らなきゃ、描き直させるの？」

「いや、今日は一枚でいいよ」

「じゃ、ちょっと待って」

昭子はスケッチブックと太い鉛筆を手にして戻って来ると、アームチェアに腰をおろした中路を見ながら、鉛筆を滑らせた。

「はい、一枚千円です」

と破り取って手渡す。中路は一目見ると、声を立てずに笑った。——それも当然で、昭子は中路の顔を極端に戯画化して、目はつり上がり、口は耳まで裂け、牙《きば》をむき出しているように描いたのだった。

「よく描けたでしょう？」

昭子は澄まして言った。

「まったくだ。こいつは傑作だよ」

中路は財布から千円取り出してテーブルに置いた。

なぜ、あんなことをやらせたのだろう。わざわざ、あの事件の話を聞いたすぐ後に、だ。昭子が彼のことを憶えているかどうか、試したかったのかもしれない。むろん、画商中路としてでなく、女学生を待っていた、名もない男として。

中路の奇妙な行動は、それだけではなかった。彼は帰りがけに、封筒を置き忘れて行った。

「あら。——珍しい」

中路を送り出してから、玄関の上がり口に置き忘れてある封筒に気付いて、思わず昭子は呟いた。実際、中路が、うっかり何かを忘れるなどということは、まず考えられないことだったのである。

「いくらかボケたのかな……」

と厚みのある封筒を拾い上げる。封筒といっても、小型の定型のそれではなく、週刊誌が入る程度の大きさである。

今から行けば下の駐車場で追いつけるかもしれない。大切な書類なら……。中を覗いた昭子は、何通かの手紙や資料らしいコピー、とじた紙の束の間に、新聞のコピーらしいものを見つけた。コピーといっても、新聞そのものではない。縮刷版をコピーしたものらしい。

奇妙な直感で、昭子はそれを取り出して、広げた。——やはり、それはあの女学生殺害を報じた新聞のコピーだった。この時点では、まだ昭子の似顔絵のことは記事に出ていない。

しかし、これはどういうことなのだろう？

昭子は素早くコピーを元通りにたたんで封筒へ戻した。どの書類の間に入っていたのか、確かめていなかったので、適当に入れてしまったのだが……。

そこへ急にドアが開いた。

「やあ、その封筒だ。忘れちまったよ」

中路が苦笑いしながら言った。「わしも年齢《とし》だな」

「今、持って行こうと思ってたのよ」

「エレベーターを待っていて思い出した。よかったよ。大切な顧客からの手紙が入っていたんだ」

中路は封筒を受け取ると、「じゃ、また来るよ」

と言って、出て行った。——昭子は足音が廊下を遠去かって行くのをじっと聞いていた。

戻って来る足音はまったくしなかったのだ。


まったく妙だ。中路はわざと昭子にあの新聞を見せようとしたとしか思えない。

なぜそんなことをしたのか。なぜわざわざ彼女に事件のことを思い出させるようなことをするのか。——彼女のことを試している、としか昭子には思えなかった。

中路が、あの轟淳子という娘を愛人にしたと知ったのは、その数日後だった。

その日の午後、昭子は中路の店へ寄った。以前に彼女が描いた「姉妹像」が、いい値で売れそうだという話を聞いていたせいもあったし、たまたまその近くの画廊で知り合いの若い画家の個展が開かれてもいたのである。

「姉妹像」は、かつて彼女のいた安アパートに住んでいた、二人のオールドミスを描いたものだった。むろんモデルに据えて描いたのではない。記憶の中の二つの像を、そのイメージで描いた。だから実物には似ていなかったが、またある意味では実物そのものだった。その姉妹は、底意地の悪いことで、アパートでも評判だった。部屋は一階だったのだが、その真上の部屋の住人は、絶えず入れ替わっていた。

何しろ、子供の足音がうるさい、洗濯機の音がやかましい、ベランダから水が流れて洗濯物を汚した、ステレオの音が大きすぎる、小鳥の羽が鍋に入った、植木の土が部屋へこぼれて来る……。その苦情たるや、泉の如く、尽きることがなかった。それも、昼間の件の苦情を、わざわざ深夜、二時ごろに上の部屋へ行って凄《すさ》まじい声でがなり立てる。近所の子供は起きて泣き出すし、大人たちも、また始まった、と思いながら、つい目をさましてしまう。

そしてアパート中の人間を大体起こしてしまうと、この姉妹は満足して引き上げて行くのである。

常識では考えられないような人間が存在するのだということを、昭子はこのアパート住まいでつくづく思い知らされたものだ。

「姉妹像」は、いわば昭子の、その安アパートでの生活の、象徴とでもいったものだった。薄暗い埃《ほこり》っぽい部屋の中で、窓からの光を背に受けて身を寄せ合っている二人の女。それは自分の周囲すべてへの憎しみにこり固まった姿だった。

この絵は、昭子の作品の中でも、高く評価された。昭子はそれに満足すると同時に、こんな暗い絵はまず売れまいと思っていた。そこへ高額で買いたいという希望が来たのである。

嬉しかったが、同時にあの絵を手放したくないという思いも強かった。しかし、中路の、

「売れたからといって作品がなくなるわけではない。いわば一人前になり、独り歩きを始めるだけだ」

という言葉で、売る決意をしたのだった。そしてその日、中路の店へやって来たのだが……。

店、といっても、画廊ではない。狭く、小さく、絵も何点かは壁に並んでいるが、それは単に商売を示す看板のようなものなのだ。知らない人間が見たら、この小さな構えの店の奥で、何百万、何千万の商売が行なわれているとはとても思えないに違いない。

店へ入って行くと、よく勝手は分っているので、昭子は店の奥へと進んで行った。カーテンの仕切りの奥にドアがあって、そこが商談の行なわれる中路のプライベート・ルームだ。

カーテンをからげてドアへ手をかけようとした時、急にドアが中から開いて、若い女が出て来た。昭子は、それが先日の美術展で中路が声をかけた女だとすぐに分った。相手は昭子を見てはっとした様子だったが、何も言わずに、そのまま、逃げるように店から出て行ってしまった。

「何だ、来てたのか」

部屋へ入って行くと、中路がソファに寛《くつろ》いでいた。昭子はゆっくり腕を組んで、

「今の女は？」

「ああ、この間の――」

「それは分ってるわよ」

「分っていたら訊くな」

昭子はゆっくりとソファに座った。

「私も、最初はここだったわ」

と部屋を見回しながら言った。「天井をじっと見てたものよ。――今の子もきっとこの部屋の天井を忘れないでしょうね」

「妬《や》いてるのか？」

「馬鹿言わないで。あなたが私一人に貞淑だなんて、思いもしないわ」

「それなら別に文句もあるまい」

「はっきりさせてちょうだい」

「何をだ？」

「もう私とは終わりなのかどうか。あのマンションを出て行くのかどうか。――次の部屋を捜す時間はほしいもの」

中路は何とも言えない眼差しで昭子を見ていた。

「そんなことは言わんよ。君はあそこにいていいんだ」

「ずっと？」

「生きている限りは、ずっとだ」

そう言って、中路は立ち上がった。「さて、例の『姉妹像』の値段の件だ。こっちへ来てくれ。相談しよう」

――それ以後、中路は昭子のマンションへ来ていない。轟淳子との仲が深くなっていることは、女の直感で分った。

別に腹も立たない。最初からそういう男と承知の上での付き合いである。――今の昭子の関心は、中路の言葉、「生きている限りは」という言い方にあった。あれが単に中路の気取った言い回しに過ぎないのか、それとも、口をつぐんでいろという警告なのか、昭子はどちらとも決めかねていた。

しかし、もし本当に中路があの女学生殺しの犯人だったとしたら、昭子の命を奪うのもためらいはしないのではないかと思った。現に、宮本が命を落としている。

昭子が山荘まで出かけて、古いスケッチを調べようという気になったのは、一つには宮本という男への償いの気持ちでもあった。

宮本が殺されたのかどうか、それは分らない。殺されたのならむろんのこと、たとえ事故死であったとしても、昭子は山荘へ行って絵を調べてみなくては、気が済まなかった。

宮本には人間味が、暖かい魅力があった。真相を調べてみることが、宮本への追悼になる、という気がしたのだ。

「さて、出かけるかな……」

昭子はタバコを消し、立ち上がった。ボストンバッグを手に、部屋を出る。

駐車場へ降りて、フォードに乗り込むと、静かに車をスタートさせた。マンションから走り出て行く昭子の車を、道の向かい側に停めた車の中から、じっと見送っている目があった。

5

「ああ、社長」

八代は顔を上げた。「何かご用ですか？」

轟は首を振って、

「いや、そういうわけじゃないんだ。——ただ、君も何かと大変だろうと思ってな」

「それはどうも」

八代はちょっと戸惑っていた。何しろもう夜の七時を回っている。倉庫の業務は終わって、八代は宿直なので、残っていたのだ。——こんな時間に轟がやって来たのは初めてだった。

「宮本さんはお気の毒でしたね」

何を話していいのか分らず、八代は何となく言った。

「まったくな。いい男だったが……」

「本当ですね。とてもいい主任でした」

轟は警備員室へ入って来ると、椅子に腰をおろした。八代が慌ててお茶を淹れる。轟は礼を言うでもなく、茶をがぶりと飲んだ。

「後のことはわしも考えた」

と轟は言った。「また別に主任を捜すというのも大変な手間だ。それにあれほどの人間がそうすぐに見付かるとも思えん」

「そうですね」

「そこで……どうかね、君を主任にしようと思うんだが」

八代は本心からびっくりした。

「僕を主任にですか？」

と思わず訊き返す。

「そうだ。君は若いが経験はかなり積んだし、宮本さんも君を褒《ほ》めていた。主任としてもやって行けると思うが。どうだね？」

八代はしどろもどろになって、

「それは……まったくどうも……でも、あまり適《ふさわ》しいとも……」

「なに、器量というのは、その役をこなしている内に出来てくるものさ」

「はあ……」

「じゃ、いいね？　君が承知してくれるなら、明日からでも発令しよう」

「分りました」

八代はいささか固くなりながら言った。

その時、警備員室の電話が鳴った。八代が急いで駆け寄って、

「はい。――いらっしゃいます。ちょっとお待ちください」

八代は振り向いて、「社長、お電話です。布川さんという……」

「分った」

八代は受話器を轟に渡して、椅子の方へ戻った。――主任か！　八代は素直に喜んでいた。警備主任ともなれば、社長の令嬢に結婚を申し込むのも不自然ではないというものである。

八代の顔にわれ知らず微笑が浮かんだ。ふっとその耳へ、電話で話す轟の声が――。

「では淳子がそう言ったわけかね？――そうか。ではどうにもならんな」

とため息をつく。八代は〈淳子〉という名に耳を引きつけられた。

「いや、まったくすまなかったね。いやな思いをしたんじゃないか?——そうか。それならいいが……。え?——男の山荘へ?　淳子が?——それはまずい。いや、そう言ってもおそらく聞かないだろうが」

八代の頭から〈主任〉などという言葉が吹っ飛んだ。

「分った。後はこちらで……。どうもありがとう。本当に助かったよ」

と轟は言って受話器を置いた。そして、深々とため息をついた。

「社長……。お嬢さんが何か……」

八代はそう訊かずにはいられなかった。

「いや、まったく困ったもんだよ」

轟は弱々しく言って、苦い笑みを浮かべた。

「とんだ火遊びだ。それもよりによって、わしよりも年齢《とし》のいっている男とだぞ」

「それは……確かなんですか?」

八代の声はわれ知らず震えていた。

「娘の友人に訊いてもらった。娘は認めたそうだよ。しかも明日から奴の軽井沢の山荘へ泊まりに行くんだという。——呆れてものも言えん」

轟はそう苦々しく言ってから、八代が青ざめているのにやっと気付いた様子で、「おい、どうしたんだ?　何だか深刻な顔をしてるじゃないか」

八代は顔を上げて、言った。

「社長。僕は……お嬢さんと結婚したいと思っているんです」

「何だと？」

轟は唖然とした顔で、「一体どういうことなんだ？」

八代は逐一《ちくいち》説明した。以前から淳子と付き合い、互いに愛し合うようになっていたこと。

そして結婚の約束までしていたこと……。

ただし、モーテルでの一夜には触れなかったが。

「——僕もこのところお嬢さんの様子がおかしいんで、気になっていたんです。でも、まさか……」

「そうだったのか」

轟は額の汗を拭《ぬぐ》った。「いや、今日はまったく心臓に悪いことばかりだ！」

「申し訳ありません」

「君が謝ることはない。娘が君と恋におちたからといって、別にわしは怒りはせん。まあ、いささか面白くはないが」

「はあ……」

「好色家の老人の妾《めかけ》になるよりも君と駈《か》け落ちでもしてくれたほうがよほどましというものだ」

「お嬢さんに会って話してみます。――一時の迷いだと、そう信じているんですが」

「君の言うことを素直に聞くような状態ではないと思うが……。まあ、やってみてくれたまえ」

轟は八代の肩へ手を置いた。「娘をあの中路という男から取り戻してくれたら、本当に感謝するよ」

八代はそれが轟の結婚の許しだと感じた。

「止めてみせます。――何としてでも」

と強く肯いて見せる。

「頼む」

そう言って、轟は微笑んだ。「今夜、ここへ来てよかったよ。じゃ、帰るとしようか」

八代は轟が立ち去って行く後ろ姿を見ながら、社長はひどく寂しそうに見える、と思った。


轟への電話が終わると、爽子はほっと肩の荷をおろした気分になった。いい気持ちはしなかったが、ともかく役目を果たしたという安心感が先に立った。

淳子はもう止められない所まで来ている、と爽子は思っていた。あそこまで行ってしまうと、もう自らが傷ついて止まるより他に仕方がない。

電話を終えて居間へ戻ると、父親の布川晃一《こういち》が新聞から顔を上げた。

「何だ、淳子さんがどうかしたのか？」

学生時代から度々遊びに来ているので、布川も淳子をよく知っている。

「ちょっと困ったことになってるの」

爽子は大まかに事情を説明した。布川は肯いて、

「ふーん。それにしてもずいぶん大胆なことをするじゃないか。――轟さんも気苦労だな」

「気の毒だわ。でも、私も何ともしようがないもの」

「婚約者同士とでもいうのなら、旅行しようが構わんと思うがね」

「それはそうよ」

「現にお前だってそれくらいのことはしてたからな」

「お父さん！」

爽子は思わず目を丸くした。

「そんなに驚いて見せることはない。――谷内君と時々どこかへ消えてたことぐらい百も承知だ」

爽子も、さすがにグウの音も出ない。布川は続けて言った。

「確か淳子さんにも恋人がいるんだろう？」

「え?」

爽子はもう一度びっくりするはめになった。

「——誰のこと?　私、何も知らないわ」

「何だ、聞いていないのか。確か、あの倉庫の警備員か何かと恋仲だそうだ」

爽子は、宮本の葬儀に来ていた若い警備員を思い出した。では、あれが……。

「いやだわ!　私に一言も言わないで。全然知らなかった。——お父さん、それ、誰から聞いたの?」

「轟さんだよ」

と布川は言った。「本人同士は隠しているつもりだったようだが、父親の目はごまかせないものさ」

爽子がまだ呆気《あっけ》に取られていると、電話が鳴った。急いで駆け寄り、受話器を取る。

「はい。——え?——私が布川爽子ですけど」

「ああ、やっと見付けた」

電話の声はほっと息をついた。

「あなたは——」

「沼原昭子よ」

「ああ!　どこかで聞いた声だと思ったわ。どこからかけてるの?　ちょっと声が遠いみたい」

「軽井沢」

「どこですって?」

と爽子は思わず訊き直した。

「軽井沢。例の中路の別荘よ」

「じゃ、今は一人で——」

「もちろん。で、あなたへ電話しようと思ったんだけど、番号も住所も知らないでしょ。電話局に都内の布川って家の番号を全部教えてもらってかけたの。でも八番目だったわ。運のいいほうね。——これが田中だの斎藤だったら大変だわ」

「本当ね」

爽子はつい笑ってしまった。「私にどんな用?」

「ここへ来てほしいの」

「そこへ? 軽井沢へ?」

と驚いて確かめると、

「そうよ」

と昭子はいともあっさり答えた。

「一体何なの? よほど重要な——」

「重要でなかったら、こんな手間をかけて電話したりしないわ」

「それもそうね。分った。行くわ。明日の朝早く発《た》つようにして」

「それがいいわ」

「何があったの？」

「つまりね――」

と昭子は言い始めた。


淳子は時計が午前二時を回ったころ、そっと自分の部屋を抜け出た。

むろん、家の中は寝静まって、暗い。こんな風に、まるで子供の家出のようにして出かけるのは気が進まなかったが、朝になれば父があれこれと言い出すに決まっている。言い合うのはいやだった。

山荘の鍵は中路からもらっていた。少し大きめのショルダーバッグに必要最小限の物を詰め込んで、肩にかけている。

早い時間からベッドへ潜り込んでしまったので、淳子は父がいつ帰ったのか知らなかった。ともかく顔を合わせずに済んだのが嬉しかった。――淳子自身、後ろめたさに足取りが重いほどだったから、父に止められれば、きっと却って反撥して大喧嘩《おおげんか》になるだろうと予想できたのだ。

行ってしまえば……。もう諦めるだろう。

そっと玄関へ出て靴をはき、鍵を開ける。

カチリ、という金属音がヒヤリとするほど大きく響いたが、別に寝室にまでは届かなかったようだ。

暗い戸外へ出ると、そっとドアを閉め、それから足早にガレージへ回った。シャッターを上げ、いつものフォルクスワーゲンに乗り込む。外へ出てしまえば、もうエンジンの音もあまり気にしなくていい。ともかく一晩中車の流れが絶えることのない国道がすぐ前を走っているから、車の音ぐらいでは分らないのだ。

淳子は空いた道路へ向かって、勢いよく車を滑り出させた。

いつもよりスピードを出しながら、淳子は、みんな何も分っちゃいないんだから、と考えていた。——どんな才能も、それにふさわしい場を得なければ、無名のままで終わってしまう。今は、その場へ乗り出す大事な時期なのだ。そして機会を与えてくれるのは、中路なのである。

何事にも代償というものがある。——貞節だの純潔だのというのは一昔前のことだ。自分の将来を手中に握られて、自由にされるのは屈辱かもしれないが、常に陽の当たらない場所で、予《あらかじ》め落選の烙印《らくいん》を押された絵画を描き続けるのは惨めである。

なに、画壇への手がかりをつかむまでの一時的な関係なのだ。とやかく言われることはないはずだ。自分の体を、自分の判断で与えているのだから。

淳子は自分へそう言い聞かせた。ただ、八代のことを考えると、胸を刺し通されるような痛みを感じる。彼に向かってだけは、自分の体をどうしようと勝手じゃないか、とは言えなかった。

こうして彼女が中路の山荘へ泊まりに行くことが分ったら、八代はきっと許してくれないだろう、と淳子は思う。別れよう、と言うに違いない。しかし——しかし、それが分っていてもなお、淳子は軽井沢へと向かったのだ。

今の淳子にとっては、絵での成功が、すべてに優先している。

「この気持ちが……誰にも分るもんですか！」

淳子は口に出して言った。

ためらいを振り切ろうとするかのように、フォルクスワーゲンは一段とスピードを上げた。

第三章　仕上げ

1

昭子が軽井沢へ着いたころには、もう陽は落ちて、肌寒い夜が木々の合間へ忍び寄り始めていた。

通称、「軽井沢銀座」と呼ばれる通りへ車を乗り入れてみたものの、本物の銀座通りの混雑に劣らぬ夏の人出がまるで嘘《うそ》のように、ひっそりと静まり返っている。ほとんどの店がシーズンの終わりと共に店を閉めていて、わずかに食堂などが週末のゴルフ客を目当てにして店を開けているが、それも平日には早目に閉めてしまうので、道を行くわずかな人通りにも、観光客らしい姿はほとんど見られない。

昭子は途中から道を折れて、この近くにある、Mホテルへと車を走らせた。作家などがよく顔を出すことでも知られている、古いホテルだ。それでも、やはり夏の間は、泊まり客以外の若者たちがテラスになったカフェを占領してしまい、すっかり騒がしくなっている。今は本来の静かな姿を取り戻したホテルの前へ車を停《と》めて、昭子はホテルへ入って行った。

レストランでゆっくりと夕食を取る。——こんな場所で、一人食事をするのにも、ようやく慣れた。中路とも何度か来たことはあるが、いつも、どこか馴染《なじ》むことのできない気後れを感じたものだ。

自分が、元来こんな場所にいる人間ではないという意識は、昭子の心の奥で消えてはいなかった。布川爽子に語ったように、「堅苦しい」ことは嫌いで、「安物」が自分には向いている。しかし、それを自覚することと、ぜいたくな生活を退けることは別だ。

一体ここで自分は何をしているのか？　中路が果たして人殺しなのかどうかを調べようというのだ。——だが、それが何になろう。たとえそれが事実と分っても、人々は自分の話を真実と思ってくれるだろうか？

一流の画商の中路を、その愛人であった女が訴える。——誰《だれ》もが嫉妬《しっと》から出た行為だと考えるのではないか。現に、中路には今、あの轟淳子という娘がいる。彼女が自分の座に取って代わるかもしれないと思うと、昭子はまったく平静ではいられなかった。

自分では、少しも中路を愛しているなどとは思わないが、反撥《はんぱつ》しつつ、嫌悪しつつも、引きつけられる何かが中路にはあった。

おそらくは、誰も彼女の話を信じてくれまい。ならば、ここまでやって来たのは、まったく無意味だったのではないか……。

「沼原さんじゃないの」

女の声がして、デザートのシャーベットをぼんやりと食べていた昭子は顔を上げた。どことなく見憶《みおぼ》えのある顔が見下ろしている。

「いやだ、忘れちゃったの？」

「圭子《けいこ》か？　見違えたわよ」

昭子は思わず言った。「久しぶりねえ」

美術学校時代、友人だった北畑《きたばたけ》圭子であった。

「こんな所で何してるの？」

と昭子が訊いた。

「ただ今ハネムーンの最中なのよ」

「へえ！　それはおめでとう」

「へへ……」

圭子は照れたように笑った。

「それでそんな白っぽいスーツなんて着てるのね？　昔のジーパンスタイルしか知らないもの、面食《めんく》らっちゃうわよ」

「わが亭主の好みなんだもの。——座っていい？」

「いいけど……あなた、旦那《だんな》様を放っといていいの？」

「いいのよ。今部屋で仕事してるから」

「仕事？」

「エリート社員なの」

「それにしたって、新婚旅行に仕事を持って来るの？」

と昭子は呆《あき》れて言った。

「仕方ないのよ。出世のためには」

と圭子はため息をついた。

「そんなもんかしらね」

圭子はコーヒーを注文して、

「あなた、最近はよくあちこちで入賞してるわね。凄いじゃない」

「別に……」

と昭子は曖昧《あいまい》に言って肩をすくめた。

「いえ、本当に立派よ。才能もあったんだと思うけど、初志を貫いた頑張りは大したものよ。私なんか……」

と圭子は首を振って、「これでもう二度と絵筆なんか握ることないでしょうからね」

「趣味でやればいいじゃないの。そんなモーレツサラリーマンじゃ、どうせ帰りは遅いんだろうし」

「でもね……やっぱり一度は絵だけに一生を賭《か》けようと思いつめてたでしょう。それを暇つぶしの趣味にはしたくないのよ。それならいっそ何もかも忘れてしまいたいわ」

昭子は何となく圭子の気持ちが分るような気がした。

「どうして絵をやめたの?」

「やめたってわけじゃないけど……。行き詰まったのね。しょせん才能がなかったのよ。描きたい、っていう気持ちにせかされるように描いて……でも出来上がったものは見るも無残な駄作ばっかり。結局、技術がついていかないのよね。がっくりしてる所へ、両親のほうからお見合いの話があって、半分やけになってね、見合いをして、五、六回付き合って、何となく結婚ってことになっちゃったの」

圭子はまるで気のない様子でそう言うと、「これで子供を生んで、のんべんだらりと暮らすのが、私には似合ってるのかもしれないわ」

と苦笑いしながらコーヒーを飲み始めた。

「――で、あなたは何の用でここに来たの?」

訊かれて、昭子は返事に詰まった。何と答えればよいのか。――圭子のように、「ハネムーンよ」とはっきり答えられるのが、急に羨《うらや》ましいような気になった。

「別に、ちょっと来てみただけよ」

と昭子は言った。

「よく来るの、ここに？」

「そう……時々ね」

「羨ましいわ、優雅な生活ね」

「そんなことないわよ」

「だって、私なんか、ハネムーンだからここへ来てるけど、いったん平凡な主婦になったら、この先、一体いつこんな所、来られるか分ったもんじゃないわ」

「そんなに大げさな――」

「いいえ、本当よ。毎日、掃除だの洗濯に追われて一生を終わるのかと思うと……」

「新婚早々の花嫁さんがそんなこと言ってちゃだめじゃないの」

昭子は思わず笑ってしまった。そして、きっと圭子は幸せなのだと思った。私は不幸なのよ、とは、本当に不幸な人間は口にできないものだ。ことにかつては志を同じくした友人同士の間ならば……。

「ここへ泊まってるんでしょ？」

と圭子が訊いた。

「そうじゃないの。ずっと奥の方の山荘にね――」

「まあ！　もうそんな身分なの？」

と圭子が目を丸くするのを見て、昭子は慌てて、

「私のじゃないのよ。知ってる人のものなの。時々使わせてもらってるのよ」

と言い足した。

「でも好きなだけ絵も描けて、本当にいいわねえ」

と圭子は羨ましがることしきりである。実際はどんな用で来ているのか、知ったら仰天するだろうと昭子は思った。

圭子は元来がいい家の娘で、金に不自由したこともないし、絵を描くことにそれほどの切実な欲求を持っていなかったのだろう、と昭子は察していた。何一つ不自由なことのない芸術家というのは、ほとんどいない。本当の天分に恵まれた、例えばメンデルスゾーンのような例外もあるが、そのメンデルスゾーンも若くして死んだ。人生はどこかで帳尻を合わせているのだ。

ふと、昭子は思い付いたことがあった。

「ねえ、圭子。一つお願いがあるんだけど」

「何かしら?」

「こんなことハネムーンの最中の人に頼んじゃ悪いんだけど……」

「いいわよ、どうせ昼間は暇なんだもの」

と言って、いたずらっぽく笑う。

「ちょっと預かってほしいものがあるの」

と昭子はハンドバッグから、一通の白い封筒を取り出した。マンションで書いた手紙を入れて、封をしてある。どうしたものか、決心のつかないままに、ここへ持って来てしまったのだが……。

「それなの?」

「ええ。これを預かっていてくれる? 一週間ほどしたら電話して取りに行くわ。もうハネムーンから戻ってる?」

「明後日《あさって》には帰るわ」

「それじゃ、お願いしていいかしら」

「もちろんよ。ただ預かっていればいいの?」

と昭子の手から封筒を受け取る。

「そう。それで、もし——」

「え?」

「もし……私に何かあったら、中を開いて読んでみてちょうだい」

「何かあったらって?」

「大したことじゃないのよ」

と昭子は笑って見せた。

「あなた、何か困ったことでも?」

と圭子が真顔で訊いた。昭子は首を振った。まさか、「もし私が殺されたら」とも言えない。

それでも圭子のほうはまだ何か訊きたげだったが、

「あ、我が亭主がやって来たわ」

と顔を入口の方へ向けた。「それじゃ、これ、確かに預かったわ」

「お願いね。──あ、そうだ。新居の電話を教えてよ」

「あ、そうか。住所も書いて行くわね」

圭子は昭子の手帳へ住所と電話番号を書いて渡した。

「じゃ、また会いましょう」

「電話するわ」

「待ってるわ。どうせ退屈してるから」

と圭子は笑顔で言うと、立ち上がって、レストランへ入って来た夫の方へ歩いて行った。

──確かにエリート風の青年で、背広にネクタイという、まるで出勤途中のようなスタイル。最近、こういうスタイルでハネムーンに来る人は珍しい。きっと保守的なタイプの男性なのだろう。

圭子へ手紙を預けたことで、昭子は何となくホッと落ち着いた気分になった。旧友に会ったこと自体が、気を楽にしてくれたのかもしれない。

迷いはふっ切れていた。ともかく、確かめるのだ。そう心に決めていた。

山荘に着いた時には、もうすっかり暗くなっていた。

車のライトに、見慣れた山荘の玄関が浮かび上がると、昭子はハンドルを切って、建物のわきへフォードを停めた。後ろの座席に置いた大きな二つの紙袋をかかえて、車を出ると、いったん玄関の前へ袋を置いてから、車へ戻り、バッグを取り出してドアをロックした。

周囲を何気なく見回す。暗い林が、沈黙の中にじっと息をひそめている。周囲にも、いくつか山荘はあるものの、季節外れのこととて、来る者もあまりないのだろう。洩《も》れ覗《のぞ》く光も見えない。

玄関へ戻ると、バッグの中から手探りでキーホルダーを取り出し、玄関の鍵《かぎ》を開ける。ドアが、わずかにきしみながら開いた。中へ入って、スイッチを手で探り、二つ一度に押すと、表の常夜灯と、玄関の上がり口の明かりが点《つ》いた。――いつもと何の変わりもない。当たり前のことだが、それでも少しほっとして、それだけ自分が緊張していることに気付いた。

「あ、そうだわ」

玄関の外に置いた紙袋を両手にかかえ上げて中へ入り、ドアを足で閉める。――お行儀の悪いこと、と自分でおかしくなった。

靴を脱いで廊下へ上がる。

この山荘は、ロッジ風の外観を持った木造二階建で、屋根裏は物置になっているから、三階建と言って言えないこともない。

一階は広間と、台所に続いた食堂。それに廊下を挟んで反対側に、書棚の並んだ読書室とでもいった趣きの部屋がある。窓が広く、少し庭へと張り出した造りは洒落《しゃれ》て西洋風だ。冬など、広い窓越しの陽射《ひざ》しを浴びながら本を読むのはまったく快適だった。

寝室は二階に三部屋。二人で泊まれる部屋が二つと、一人部屋が一つあった。

昭子は廊下を進んで食堂へ入って行った。

明かりを点けると、寒々としたテーブルと、殺風景な台所が広がる。昭子は紙袋をテーブルへ置いた。一日で帰れるとは思わなかったし、できれば何日かいたかったので、ホテルで、開いている店を訊いて、食料品を少し買い込んで来たのである。

冷蔵庫はコンセントが外してあった。差し込むと、ブーンとモーターの唸る音が低く伝わって来た。買いだめできるように、大型の冷凍冷蔵庫が置いてある。フリーザーのほうだけでも、マンションの冷蔵庫ぐらいの大きさがある。――もっともマンションのほうでは、昭子はほとんど料理などしないから、大型の冷蔵庫など必要ともしないのだ。

冷蔵庫の扉を開け、急冷へダイヤルを合わせておいて、買って来た物を中へしまい込んだ。手軽な冷凍食品もいくつか買って来たので、これはフリーザーへ入れる。

ガスの元栓を開き、いつでも使えるようにして、やっと少し落ち着いた。やるべきことをやってしまってからでないと、一休みする気にもなれないのが昭子の性質なのである。

しかし、やるべきこと——最も重要なことは、まだあった。そもそもの目的。似顔絵を探すことである。

やってしまわなければならない。やるべきことは、やらなければ……。

昭子はバッグを手に、まず広間へ行って明かりを点けた。いつもなら、こんなことはしないのだが、今日ばかりは、部屋という部屋を、全部明るくしておきたかった。この山荘にいるのが自分一人だということを、確かめたかったのかもしれない。

二階へと上がって行くと、昭子はいつもの部屋のドアを開けようと、無意識にノブへ手をかけたが、ちょっとためらってから、そのまま手を離した。そこは二人部屋で、いつも中路に抱かれる部屋なのだ。

昭子は、端の一人部屋で寝ることにした。バッグを置き、ベッドにかけてあったカバーなどを外す。

「さて、これでいいわ……」

浴室は各部屋に付いている。——しかし風呂は屋根裏部屋を調べてからのほうがいいだろう。どうせ埃《ほこり》だらけになるに決まっているのだから。

昭子は部屋を出て、屋根裏部屋へ上がる階段の方へと歩いて行った。

その段ボールは、すぐに見つかった。置いた場所を大体記憶していたのだ。サインペンで、〈デッサン、その他〉となぐり書きがしてある。

封をしたテープを力をいれて破ると、蓋《ふた》を開ける。黄色い電球の光の中に埃が舞った。習作時代のあらゆる絵が、別に整理するでもなく詰め込んである。この中で一枚の絵を捜し出すというのは容易ではない。

しかし、昭子は、似顔絵だけは確か一つにとじてあったという気がしていた。はっきりした記憶ではないが、おそらく間違いない。まず、それを捜してみよう。

幸い、それほど底の方まで探らない内に、その分厚い一つづりが見つかった。〈似顔絵〉と表に書いてある。

「これだわ」

と思わず呟《つぶや》いた。急に鼓動が早まった。この中に殺人犯の手がかりがある。それが、果たして中路なのかどうか……。

その絵の束をかかえて、昭子は屋根裏部屋を出た。——寝室へ戻ると、浴室で、真っ黒になった手を洗った。それから絵のつづりを小さなテーブルに置いて、前に椅子《いす》を据え、一枚ずつ眺めて行った……。

様々な顔が、永い眠りから覚めて、いや、眠りを覚まされて不機嫌そうに彼女を見返している。——不思議なほどに、昭子はその一つ一つを思い出すことができた。もう完全に忘れ去っていると思っていたのに、一人一人を描いた時の記憶がよみがえって来るのだった。

恋人に振られて、ひどく酔っていた男。今でも、その目は絶望的で、虚《うつ》ろだった。現実の彼は、きっともう別の恋人に熱を上げているのだろうか。——孫にやるのだと意気込んで、まるで明治時代の写真のように直立不動の姿勢で突っ立っていた老人。代金を払って、絵を忘れて行ってしまった。

恋人同士を一枚の絵に描いたのもある。金がないから二人で一枚にしてよ、と言うので、引き受けて描いてやった。まだ十代の若い二人が、肩を寄せ合って、くすぐったいような顔をしている。この二人はちゃんと絵を買って行ったのだが、数日後、娘のほうがこの絵を持ってやって来た。もういらない。でも、捨てるのも悪くて、と昭子の手へ押しつけるようにすると、止める間もなく、泣きながら走って行ってしまった……。

色々な人生が、この、ありふれた似顔絵の一つ一つにこもっている。——一枚、一枚とめくり進みながら、昭子は、いつしか、自分が何のためにこうして絵を見ているのか忘れかけているのに気付いて、思わず苦笑した。

「呑気《のんき》ねえ、殺人犯人を捜してるっていうのに……」

続いてめくって行く。絵の下の隅には、描いた日付が小さく入れてはあるが、日付順にとじてあるわけでもないので、一枚ずつ見て行く他はない。

「やれやれ……」

目が少し疲れて来た。――結局、捨ててしまったのだろうか？　ここには残っていないのか。そうだとすると、まったくのむだ足だったわけだが……。

不意に、一つの顔が目に飛び込んで来た。本人が目の前へ現われたような驚きで、一瞬昭子は息を呑んだ。

「これだわ」

思わず声に出して言っていた。「この顔だわ……」

2

夜中に昭子はふと目覚めた。

いつものマンションではない。あれ、と思って、すぐに、中路の山荘へ来ていることを思い出した。

暗がりの中を手探りで小さなスタンドを点ける。簡素な部屋が薄明に浮かび上がった。

どうして目が覚めてしまったんだろう。そう考えて――耳を澄ました。

「雨か……」

静かに、細かな刷毛《はけ》で撫でるような雨音が聞こえていた。ここへ着いた時は、もう空は鉛色だったが……。

大きく伸びをして、昭子はベッドから脱け出した。

空気が冷たい。昭子はパジャマの上にガウンをはおった。――昭子はネグリジェというのが嫌いである。何だか妙に気取って、それでいてだらけた感じがする。だから一人の時は必ず男性用の大きなだぶだぶのパジャマを着る。気楽な解放感があって、最高だ。

窓辺に寄ってカーテンを少しからげて外を覗く。――といっても、何も見えはしない。外は塗りつぶされたような闇。室内のほうが明るいから、自分の顔が映って見えるだけだ。

昭子は時計を見た。午前三時だ。いつも、夜昼逆の生活をしているせいか、今ごろになると目が冴えてしまう。

ちょっとお腹が空いたな。昭子は下へ行ってみよう、と思った。

町で買い込んで来た食物を、冷蔵庫へ放り込んであるので、電子レンジで温めれば、何か食べられるものがあるだろう。

昭子は寝室を出た。

小さな灯のついた階段を下りて行った。玄関の明かりは一晩中、点けたままになっているので、廊下は明かるかった。

食堂へ入ると、暗い壁を手探りしてスイッチを押した。

フリーザーの方に、冷凍したピザがあった。――ちょっと脂っこいが、今の空腹ではこれくらいがいいかもしれない、と思った。オーブン・トースターで十分も焼けば出来上がる。その間にコーヒーでも淹れて。そう思うとますますお腹が空いて来る。

オーブン・トースターへピザを入れ、ヤカンをガスにかけると、昭子は椅子に腰をかけた。――タバコを持ってくればよかった、と思った。

待つほどもなく湯が沸いて、昭子は戸棚から、今日買って来たインスタント・コーヒーを出して作った。――旨くはないが、熱いだけでも快い。甘ったるさが、却《かえ》ってこんな時間にはふさわしいような気がする。

ピザが焼けてきた匂いが漂って来る。

こんな静かな夜は久しぶりだ、と思う。マンションにいれば、車の音、パトカーのサイレン、救急車、酔っ払いのわめき声……。都会の吐き出す雑音が尽きることはない。しかし、ここには何もない。耳を澄ますと、沈黙が「マイナスの音」とでもいうような小刻みな震動をしているように感じられる。

立って行って、トースターの中を覗く。もう少しだわ。椅子に戻って、もう一口、コーヒーを飲んだ時、頭上でガリガリと何かをこするような音がした。

昭子はしばらく身動きせずに、じっと耳へ神経を集中させていた。空耳か？　風の音だろうか？――そうであってほしいという思いが、昭子を椅子にしばし釘付《くぎづ》けにした。

それきり物音はしない。——昭子はほっと息をついた。何でもない。きっと何か……。しかし、あの音は風の音だったろうか？　何かを引きずっているような音ではなかったか？　冷静に考えてみると、却って不安は増した。誰かが二階にいるのだろうか？　たった今まで自分は二階で寝ていたのに。

昭子は部屋の天井を見上げた。この真上には、二人部屋の寝室、そして……屋根裏部屋がある！　もし屋根裏部屋の音だとしたら、音が少し遠い感じだったのも分るし、床をこする音も、荷物を動かそうとしたのなら当然だ。

屋根裏部屋。——誰かが、彼女の古いデッサンや似顔絵を探っているのだろうか？　しかし、一体、いつ、どうやってこの山荘へ入って来たのか……。

どうすればいいだろう？　逃げるといっても、この暗い中をどこへ行きようもない。車があるとはいっても——キーは寝室である。昭子は迷った。ともかく、ここにじっとしていても仕方あるまい。警察へ電話をするか。それとも自分の力で切り抜けるか。

また、何かがきしむ音がした。もう間違いようはない。誰かいるのだ。そろそろと椅子から立ち上がった昭子は、食堂を出ようとして、ふと思い付いて台所へ行き、戸棚の扉を開けた。中の包丁を、護身用に持っていよう、と思ったのである。——のばしかけた手を、ふっと止めた。包丁がなくなっていた。

昭子は初めて身に迫るような恐怖を感じた。初めからなかったわけではない。ここへ着いた時、確かめている。

逃げよう、と思った。車。車のキーがいる。そうだ！　そして似顔絵も……。

思い切って、昭子は食堂から走るような足取りで出ると、階段を上がって行った。屋根裏部屋は昭子の寝ている部屋から大分離れた位置にある。まず聞きつけられることはあるまい。

階段を上がり切った昭子は、屋根裏部屋へ上がる階段のある方をしばらくうかがってから、寝室へ急いだ。中へ入ると、ドアを少し開けたままにして、大急ぎで服を着る。そして車のキーと、ベッドの下に入れておいた、丸めた似顔絵を取り出して廊下へ出た。絨《じゅう》毯《たん》が敷いてあるのであまり足音はしない。素早く階段を駆け降りると、食堂へ入って行った。
二、三分して出て来た時は、車のキーだけが手にしっかりと握られていた。
二階の方をチラリと見返って、玄関へと急ぐ。錠《じょう》はかかっていた。では誰にせよ、その人間はおそらく窓からでも入り込んだのだろう。

昭子はそっと外へ出て、ドアを閉じた。冷たい外気に一瞬身震いする。車は建物のわきだ。急いで車へと足を運ぶ。雨はもう上がっていたが、空気はまだ濡《ぬ》れるように冷たい。

車へ乗り込んで運転席に落ち着くと、少し気持ちが鎮まった。もう大丈夫。後は車で町まで出ればいい。警察へ行くべきだろうか？

「そんなことは後だわ」

昭子はキーを差し込んで回した。車体が軽く身震いした。——が、エンジンがかからない。

おかしい。それほど寒いわけでもないのに。なぜかからないのだろう？　二度、三度、繰り返した。車は軽く唸りを立てるだけで、また沈黙してしまう。

もしかしたら……車に何か細工をしてあるのだろうか？　予《あらかじ》め彼女が逃げようとする場合を考えて。昭子は建物の方へ目を向けた。この静けさの中だ、車の音が、屋根裏部屋にも聞こえていると思わなければならない。

昭子は咄嗟《とっさ》の判断で、車から出た。確か、二、三百メートル戻った所の別荘に、明かりが見えたのを、ここへ来る時に気付いていた。この季節に、物好きがいるんだな、と思ったのを憶えている。道は一本で、走ればすぐに着くだろう。

夜中だといっても、泥棒が入ったと言えば電話ぐらいは貸してくれるに違いない。

昭子は建物の方へ目を向けながら、道へ出ると、暗い道を辿《たど》って、急ぎ足に進んで行った。道は石だらけで、走れば却って転びそうだ。気は焦るが、こんな時だからこそ落ち着かなくてはならない。耳に注意を集中してみても、追って来る足音は聞こえなかった。

——大丈夫。大丈夫だわ。心配ないんだ。

しばらく夢中で歩くと、遠くに灯がチラチラと点滅した。あれだ。点滅して見えるのは、木々の合間に見え隠れしているからだろう。

「もう少しだわ」

昭子は足を早めた。――背後に足音が迫った。あまりにも突然だった。よほど注意深くついて来ていたのに違いない。

振り向いた時、もう相手の顔が触れ合うほどの間近にあった。短い声を上げると同時に下腹に鋭く食い込んだ苦痛が全身を駆け巡った。相手を押しのけようとして手を上げたが、力が入らなかった。膝《ひざ》から力が抜け、石だらけの道に両膝をつく。

刺《さ》されたんだ……。そう意識したのは、冷たい地面に崩れるように倒れ込んだ時だった。下腹をまさぐる手がじっとりと濡れた。血か。――もっとねばねばしているのかと思ったのに――。痛みは重い感覚に変わって来ていた。だるく、疲労感が手足にのしかかって来る。頭が重い。二日酔いの朝のようで、ずっと眠っていたい、という気がした。

眠っていいのかしら……。こんな寒い、冷たい、固い所で……。眠れるかどうか……。でも不思議に瞼《まぶた》が重くなる。……誰かの足が、靴が見える。ぼやけて、輪郭《りんかく》も消えて……。沈んで行く。何もかもが。沈んで……。

「この番号だと、ここですね」

タクシーの運転手が言った。

爽子は外を覗いて見た。山荘へ続く細い路の入口に、〈中路〉の札があった。

「ああ、ここでいいんだわ。ありがとう」

料金を払って、タクシーから降り立つと、爽子は一つ大きく息をついた。空気はやはり冷たく、澄んだ感じだった。軽井沢には何度か来ているが、いつも夏の、込み合うあたりしか歩かないので、こんなに人気のない軽井沢は初めてだ。

もっと早く来るつもりだったのが、あれこれと支度に手間取って家を出るのが昼過ぎになってしまい、こうしてもう夕方になろうというころに、山荘へやって来たのだ。

昭子は待ちくたびれているに違いない。遅くなれば中路もやって来る。——山荘の建物の前まで来て、爽子は昭子のフォードに目を止めた。

玄関の前に立って、呼鈴を鳴らした。チャイムがドアの奥で鳴るのが聞こえて来る。

それほどに静かなのだろう。

待っても、誰も出て来なかった。試しにドアのノブを回して——爽子は驚いた。ドアが開いたのだ。

玄関には、靴が見えない。昭子はどこへ行ったのだろう？　爽子が遅いので、どこかへ出かけてしまったのだろうか？　それにしても、鍵もかけないというのは不用心すぎる。

「昭子さん」

爽子は呼びかけてみた。「いないの？……布川爽子ですけど」

中は、静まり返って、物音一つしない。やはりいないようだ。ちょっとその辺まで出かけているのだろう、と爽子は思った。遠くへ行くのなら、車が置いてあるはずがない。

ともかく、上がろう。――爽子は靴を脱いで、きっちりと揃えて置き直してから立ち上がった。

廊下を歩いて行って、広間を覗き、食堂の中へ足を踏み入れる。――どうやら寝室などは二階にあるらしい。

肩から下げていたバッグを食堂のテーブルへ置いて、ふと爽子は顔をしかめた。

「何かしら?」

わずかだが、何かが焦げているような匂いがする。見回してみても、別に煙が出ているものはないのだが。――流しへ近付いてみて、やっと分った。ごみ捨ての容器に、黒焦げになったピザらしいものが捨ててあるのだ。きっとオーブン・トースターへ入れっ放しにしておいて、忘れてしまったのだろう。

「あの人も、割合うっかり屋なのね」

と爽子は微笑んだ。――テーブルの上に、インスタント・コーヒーが出してある。どうせ昭子が戻って来るまでは待たなくてはならない。

「お湯でも沸かしてましょうか……」

ヤカンを火にかけると、椅子にゆっくりと腰をかけた。それにしても昭子はどこへ行ったのだろう。

　何気なく流しの下へ目を向けて、戸棚の扉が開いているのが目に止まった。立って行って覗き込むと、包丁差しに一本も包丁が入っていない。——一本もないのでは不自由しそうなものだが。

　試みに冷蔵庫を開けてみる。冷蔵庫はほとんど空に近かった。しかしフリーザーのほうは、何やら買い置いてあるのか、紙包みがいくつか棚を埋めていた。

　爽子は椅子に戻って、早く昭子が帰って来てくれないかと思った。淳子や中路がやって来てしまったら、何にもならない。

「——そうだわ」

　爽子は、昭子が大体いつも夜昼逆の生活をしていることを思い出した。では、昭子は上で眠っているのかもしれない。それで呼鈴も聞こえなかったのではないか。

「上に行ってみよう」

　ちょうど沸いた湯を、棚の上にあったポットへ入れてから、爽子は階段を上がって行った。——二階には三つ部屋があった。そしてさらに上へ上がる狭い階段も目に止まった。あれが、例の屋根裏部屋へ通じているのだ。

　一番端のドアを爽子はノックした。

「昭子さん。——入るわよ」

ドアを開けると、カバーをかけたままのダブルベッドがあった。カーテンも閉めてある。ここは違う、と——。次の部屋も同じだった。

残る奥のドアを叩いて、開けてみると、ベッドは使ったままになっており、カーテンも開いていた。どうやらここに寝ていたらしい。爽子は中へ入った。——一人部屋で、いかにも山荘らしい、簡素な雰囲気が漂っている。

しかし、ともかく姿が見えないことに変わりはない。あてが外れて、爽子は肩をすくめた。どうやら、待つ他はなさそうだ。

爽子は部屋にもう一つドアがあるのに気付いた。開けてみると浴室である。ホテル式に、各寝室に付けてあるのだろう。中へ足を踏み込んで思わず、

「あら」

と声を上げた。ひどく水浸しになっている。ずいぶん水を流したとみえて、トイレのマットなども水を吸って色が変わっていた。気が付くと、部屋の中へも、少し水が流れ出たらしく、部屋の絨毯がそのドアの前だけ濡れている。

「浴槽で水泳でもやったのかしら」

と呟いて、爽子は、ビニールのカーテンを開けた。細長い浴槽は、底の方に少し流れなかった水がたまっているだけで、シャワーから水が時々滴り落ちている。

爽子はシャワーのコックを強くひねって、水を完全に止めておいた。こういうのを見る

と放っておけない性分なのである。

それにしても、昨夜風呂に入っただけで、今ごろまでこんなに濡れているものだろうか。

――まあ、芸術家というのは変わり者だ。朝風呂にでも入る趣味があるのかもしれない。

爽子は二階の廊下へ出ると、屋根裏部屋への階段をしばらく眺めていた。屋根裏にいるのか？　いや、それなら呼鈴に気付かないことはあるまい。

ちょっとためらってから、爽子は屋根裏部屋へ上がってみようと決心した。――昭子が、古いデッサンや似顔絵を置いてあると言った場所だ。

狭い階段を上がって、正面のドアを開けると、意外に明るい部屋が目の前にあった。広さは和室なら六畳間程度か。明かりとりの窓が広く造ってあるので、光が充分に部屋の隅々まで届いている。

しかし、そうはいっても、ともかく大変な荷物、荷物だ。段ボール、衣裳《いしょう》ケース、カラーボックスなどが、それこそ足の踏み場もないくらいに積み上げてある。

例の、似顔絵などを入れた箱はどこなのだろう？　昭子が見付けて調べたはずだから、どこか上に積み上げてあるだろう。

箱の山の間を歩いて見て行くと、やがて一番奥の箱の一つが、開かれたままになっているのを見付けた。箱にはマジックで〈デッサン、その他〉と書きなぐってある。

「これだわ」

と両手でかかえ上げてみると、思いのほか軽い。しかし、この埃っぽい部屋で見るのは気が進まなかった。といって、下で見ている時に中路や淳子がやって来たりしたら……。

迷っていると、玄関のチャイムが鳴るのが耳に入った。

「誰かしら？」

爽子は眉を寄せた。中路や淳子だったら、いちいちチャイムなど鳴らさないだろう。昭子が戻って来たとしても、玄関は開いているのだし……。

ともかく、いったん絵の入った段ボールを元へ戻して、爽子は急いで屋根裏部屋を出た。

3

玄関のドアを開けて、

「はい？」

と爽子は表に立っている男の顔を見た。

「あの……」

とその若い男も、爽子の顔を眺めていたが、「あ、淳子さんのお友だちですね。宮本さんを訪ねて来たことがありましたね」

「ああ、あなたは——」

やっと分った。あの倉庫の警備員だ。

ちゃった」

「そうでしたね。宮本さんのお葬式でお会いしたわ。——今日は制服でもないし、見違えちゃった」

八代はジャンパーに色落ちのしたジーンズというスタイルだった。

「あの……淳子さん、いますか？」

「いいえ、私一人なの。ともかく入ってください」

「そうですか。——それじゃ」

八代はおずおずと玄関へ入って来た。

「私も人と会う約束でここへ来たんですけど、見当たらないの。あちらで待ちましょう」

「そうですね。ここの持主の——」

「中路って人？」

「そうです。その人に話があって来たんですが」

「今日ここへ淳子と一緒に来るはずなのよ。でもまだ来てないわ」

二人は食堂へ入った。爽子が二人分のコーヒーを作った。

「さあ、どうぞ」

「やあ、申し訳ないです」

「ミルクとお砂糖は？」

「いや、僕はブラックで」

「そう」

爽子は自分のコーヒーに砂糖をスプーン半分ほど入れてかき回しながら、「……あなた、淳子と恋人同士なんですってね」

と言った。八代はどぎまぎして、

「はあ……。そう……そんなとこです」

と慌ててコーヒーをぐいと飲んだ。

「何も知らなかったわ。彼女、親友の私にも黙ってたのね」

「僕がもう少し偉くならないと、とてもお話になりませんからね。社長のお嬢さんでは」

「そんなこと……。でも彼女は今、絵に夢中でしょう」

「ええ。それが頭痛の種なんです」

「仕方ないでしょう。彼女にとっては――」

「いや、それはよく分ってるんです」

と八代は爽子の言葉を遮った。「彼女が絵にしばらく全力で取り組みたいと言うなら、僕は喜んで待ちます。ただ……」

「そのために画商の愛人になるのは、というわけね?」

「男として最低ですよ!」

八代は憤然として言った。「どんなに力があるのか知らないけど、それを利用して若い女を口説《くど》くなんて、卑怯《ひきょう》です！　卑劣ですよ！」

とすっかり興奮している。

「気持ちは分るけど……。でも淳子も子供じゃないし、自分の判断で行動してるんだと思うわ」

「それじゃ――」

「別にそれがいいことだと言ってるわけじゃないの」

と爽子は急いで言った。「ただ、中路って人に何を言っても仕方ないと思うわ。淳子自身が別れるようにならなくちゃ」

「でもやはり許せません。そいつのやり方は……」

と八代はあくまで頑固である。淳子を悪から守る騎士《ナイト》のつもりでいるらしい。爽子の目にはむしろ微笑ましく映った。

「で、あなた、中路って人に淳子と別れろと言うつもり？」

「ついでに一発食らわしてやります」

「だめよ。そんなこと！」

この人なら本当にやりかねない、と爽子は思った。

「おとなしく言う通りに別れれば何もしませんよ。でもつべこべ言うようだったら……」

「あなた、どうしてここへ？」

「軽井沢の電話帳で見たんです。〈中路〉って名は珍しいですからね」

「いえ、それより、どうして淳子たちがここへ来ると分ったの？」

「社長さんから聞きました」

「轟さんから？」

「昨日、あなたからお電話があったでしょう。それを近くで聞いていたんで」

「そうだったの……」

爽子は肯《うなず》いた。「じゃ、ともかく二人が来るのを待つ他ないわね」

「あなたは誰に会いに来たんですか？」

「それが妙なの。昨日からいるはずで……」

爽子は呟くように言った。どこへ行ったにせよ、昭子の帰りはいささか遅すぎる。どうしたというのだろう？　何かあったのだろうか？

「あなた、ここで待っててね」

と爽子は立ち上がった。——足早に二階へ、さらに屋根裏部屋に上がった。

さっきの、絵の入った段ボールを両手でかかえて屋根裏部屋を出ると、二階の、昭子が使っていた部屋へと運び込んだ。

ベッドの上に、箱を置いて、中を調べ始める。——絵といっても、デッサン、水彩から、線画、洋服のデザイン画まで、あらゆる習作が詰め込まれている。

かき分け、かき分け調べて行くと、〈似顔絵〉と書かれて、何十枚かをとじてあるのが見付かった。

「これだわ」

爽子はベッドの上にそれを置いて、一枚ずつめくって行った。――色々な顔がある。若い顔、疲れた中年の顔、頑固な老人の顔……。女性の絵は少ないが、それでも何枚かはあった。昭子の腕は確かで、単に生き生きとしているだけでなく、時にはその性格までも、あからさまに描き出している感じがあって、これでは売れなかったのも当然だと思わせた。

不意に、爽子はページをめくる手を止めた。見知っている顔がそこにあって、爽子を見返している。いくらか細部はぼやけているが、別人ではあり得なかった。

中路の、蛇のような目が絵の中から爽子を見つめていた。


中路の似顔絵を手に下へ降りて来ると、玄関前に車の音がした。手近な窓から外を覗くと、フォルクスワーゲンが玄関前に着いたところだった。

「いらっしゃい」

玄関へ入って来た淳子に、爽子は言った。淳子は目を丸くして、

「どうしてここに?」

と訊いた。爽子は答えず、

「まだお客がいるわよ」

と奥の方へ手を振った。声を聞きつけて、八代が出て来る。

「何なの一体?」

と淳子は呆然と玄関に突っ立ったままだった。「――八代さんがどうしてここに?」

「お父さんから聞いたんだ。君を連れて帰ると約束して来た」

「何よ、私は自分で――」

と食ってかかろうとするのを、爽子は慌てて遮った。

「ちょっと待ってよ。ともかく入りなさいよ、淳子。ゆっくり話しましょう。ね?」

「そうね。玄関に立ってても仕方ないし……」

表情を固くこわばらせたまま、淳子は靴を脱いで上がり込み、広間に落ち着いた。

「淳子、中路と一緒かと思ってたわ」

と爽子は言った。

「ゆうべ家を出たのよ。父にあれこれ言われるのが分ってたから。それがいやで」

「それにしては、遅かったのね」

「途中、道に迷っちゃってね。夜中だったし、持ってたロード・マップが古かったもんだから。ひどい目にあったわ。車で一眠りして、それから町で食事をして、ここを探して来たってわけ」

　そう言ってから、淳子は挑みかかるように爽子を見て、

「あなたも私を連れ戻しに来たの？」

「そう……。まあ、できればね。でも一番の目的はそれじゃないの」

「じゃ、何なの？」

「呼ばれたのよ。沼原昭子さんに」

「あの女が？　ここに来てるの？」

　そう訊いてから、淳子は肯いて、「ああ、そうか。わきに停めてあった車、どこかで見たと思ったら、沼原昭子の車だったのね」

「そう。ゆうべ電話をもらってね、ここへ来てくれと言われたんだけど、さっき着いてみると、どこにもいないのよ。鍵もかかってなかったし、どこへ行ったのか……」

「彼女、私と中路さんの間を嫉妬して――」

「いえ、そうじゃないの。あなた方がここへ来ることも知らなかったはずよ」

「じゃ、どうしてこんな所に……」

「調べたいことがあったのよ」

「調べたいこと？」

「そう。そして私に電話をかけて来たの」

「一体何の話なの？」

「殺人犯を見付けようとしていたのよ」

爽子の言葉に、淳子も八代も一瞬呆気に取られた様子だった。

「殺人……」

と淳子は呟いた。八代が身を乗り出して、

「それは宮本さんのことですか？　宮本さんを誰かが殺したという……」

「それもあるわ。でもそれよりもさらに前の殺人なの。——私の婚約者が撃たれて死んだ事件を、淳子、憶えてるでしょう」

「もちろんよ」

「あの時、谷内さんは女学生が変質者に殺された事件を調べていたの。あの時、谷内さんを撃った三島という男はその事件の重要参考人だったわけだけれど、実際は他に犯人がいたのよ。そしてその犯人が、たぶん宮本さんまで殺したに違いないの」

「何が何だかさっぱりだ」

と八代が首をかしげる。

「その女学生殺しと沼原昭子とどう関係があるの？」

と淳子が訊いた。

爽子は、宮本が昭子を美術展で見かけたことから、昭子が以前に嘘の証言をしたこと、この山荘に残した似顔絵の中に、犯人のそれがあるかもしれないという点まで、順々に説明して聞かせた。

「――驚いたな！」

最初に口をきいたのは、八代のほうだった。

「そんな事情があったんですか」

「沼原昭子がその事件のことを調べようとしていたのは分ったわ」

と淳子が言った。「で、あなたへ電話してそれが誰か分ったと言ったの？」

爽子は首を振った。

「違うの。私にここへ来て、絵を見てほしいと言ったのよ」

「それだけ？」

「そう」

「じゃ分らないじゃないの、犯人が誰だか」

「これが誰か分るでしょう？」

爽子は、それまで傍に伏《ふ》せて置いてあった似顔絵を取って、淳子の目の前へ出した。淳子は目を見開いて、じっとそれに見入っていた……。

「――中路ですね」

と言ったのは八代だった。

「ええ。その通りよ」

と爽子が肯く。淳子はやっと言葉を押し出すようにして、

「その絵が……どこから出て来たの？」

「屋根裏部屋の段ボールよ。昭子さんが調べたらしくて、箱は開いてたわ。その中の似顔絵のつづりに入っていたの」

「それが……それが女学生殺しの犯人だって言うの？　中路さんが？」

淳子は呆然とした表情で、「だって……あの人は一流の画商よ！　有名な……海外でだってよく知られてるくらいの人なのよ！　それなのに……」

「でもこの絵が似顔絵のつづりの中にあったのは否定できないわ」

「それにしても……」

と言いかけて、淳子は絶句してしまった。

「少なくとも容疑者の資格は充分ですよ」

と八代が張り切った口調で言った。

「でも……それがその時に描いたものだってどうして分るの？」

と淳子が突っかかるような口調で言った。「あの女はずっと中路さんの愛人だったのよ。その間に中路さんを描いたのかもしれないわ」

「それは違うわ」

爽子は絵を見直しながら、「よく見て。隅の方に、描いた日付が入れてあるの。他の絵も同じよ。この絵の日付は、確かにあの事件があった日だと思うわ。調べてはいないけれど、たぶん間違いないと思う」

淳子はがっくりと肩を落としてソファへもたれ込んだ。

「じゃ……中路さんは殺人犯……」

と呟くように言った。

「これが証拠になるかどうか、私にも分らないけど、少なくとも、警察に再調査させるだけの効果はあると思うわ」

爽子はそっと絵をテーブルに置くと、「ね、淳子、分るでしょう？　あの男と関係を続けていちゃいけないわ」

淳子は答えずに、両手で顔を隠すようにして、深く息をついた。その悲しげな響《ひび》きが、答え以上の答えになっている。

しばらく、広間を静けさが覆った。

八代が、ふと気付いたように、

「――それにしても、その昭子って人は、どうしたんでしょうね？」

「ええ、それが気になってるのよ」

と爽子は眉をくもらせて言った。「どこに行っちゃったのかしら……」

「まさか、その中路って男に——」

「そんなこと……。何でもないとは思うけど……」

と爽子の口調も、やや確信がなさそうである。「ね、淳子、今日、中路は何時ごろここへ来る予定なの？」

淳子はようやく顔を上げて、

「私もよく知らないけど……遅くとも暗くなるころには着くと言ってたわ」

「暗くなるころ？」

爽子は広間の窓から外を見た。木々に半ば空を塞《ふさ》がれたこのあたりでは、早くも暮色が漂っている。

「そう間がないわね」

と爽子は言った。

「これからどうします？」

八代は訊いた。

「ここから出てしまうわけにはいかないわ。昭子さんが戻って来るかもしれないし」

「それはそうですね」

と八代は肯いたが、いくらか不安顔で、「もし中路が早くここへ来て、その昭子って女性を殺しているとしたら……まだこの近くにいるのかもしれませんよ」

「いくら何でも、そんなひどいこと……」

と淳子が八代を見てから、「ここであの人を待つべきだわ。中路さんにその事実を示して、認めるかどうか、やってみるべきだと思うわ。私」

「でも淳子――」

と言いかける爽子を淳子は遮って、

「いえ、別にあの人に未練がましい気持ちを持ってて言ってるんじゃないの。もともと、恋とか愛とは別の次元での関係なんだもの。ただ、その絵だけじゃ警察にとって何の証拠にもならないと思うわ。でも、ここで私たち三人が中路さんを問い詰めれば、犯行を認めるかもしれない。そうすれば私たちの証言で警察も考えると思うの」

「危険じゃない?」

「いいじゃないですか」

八代は威勢がいい。「こっちは三人だ。向こうだって妙な真似はできませんよ」

爽子はしばらく考え込んだ。どうせここを離れることはできないのだし……。

「じゃあ、そうしましょう」

と肯く。「その代わり一つ仕事を手伝ってくれる?」

「いいですとも」

「昭子さんを捜したいの。どこかへ出かけたにしてはおかしいわ。私が来ることを承知しているのに、こんなに山荘を留守にするというのは、どう考えても妙よ。しかも車は置きっ放し。ここから歩いて行く所なんてないものね。考えたくはないけど、最悪の事態まで考えて、この山荘の中と、周囲を捜してみたいのよ」

「それは賛成だな」

と八代は肯いて、「じゃ急がないと暗くなる。――外から先に捜しましょう。暗くなると調べられないから」

「ええ、そうね」

爽子は八代がこんな時には頼りになる男だと感じていた。「三人で一緒に行ったほうがいいわ。一人一人ばらばらだと却って見落とす所も出て来るかもしれないから」

気が進まない様子の淳子を加えて、三人は玄関から表へ出ると、木々の立ち並ぶ庭の中を歩き回った。陽が落ちかけているので、風が急に冷たさを増していた。

道路へ出て、その周囲の雑木林の中をしばらく歩き回ったが、結局捜索はむだ骨に終わった。――山荘へ三人が戻るころには、すっかりあたりは暗くなっていた。

「じゃ次はこの山荘の中だわ」

三人は離れ離れになることもなく、山荘の部屋を一つ一つ調べ始めた。

すでに爽子が覗いた二階の寝室も、改めて調べた。屋根裏部屋では、荷物の一つ一つまでも、重さや大きさで、不審なものはないかと神経を使った。

すっかり窓の外は夜の黒いカーテンが引かれて、三人は広間へ戻って来た。

昭子の姿はどこにもなかった。

4

爽子はやはり気が気ではなかった。何が昭子に起こったのか。昭子はどこへ消えてしまったのか……。

八代はますます心配顔である。

「どこへ行ったんでしょうね?」

「それはともかく、中路のほうも遅いじゃないの」

「そうね、何しろ忙しい人で、年中、予定がびっしりと詰まってるから。予定がずれ込んで遅くなるのはいつものことだわ」

と淳子が言った。

「待つ他はないわけね」

と言って、爽子は時計を見た。「もう七時になるのね——ねえ淳子、あなた何か食べる物を買って来た?」

「ええ。簡単なものばかりだけど」

「じゃ三人で夕食にしましょう。お腹を空かせて待っていても仕方ないわ」

ささやかな夕食は何とも静かで、重苦しいものだった。爽子は、八代が心配そうに淳子を見ながら、何を話していいのか分らずにそっとため息をついているのに気付いていた。淳子のほうはほとんど食欲もないようだ。

「――今夜はもう中路は来ないのかな」

八代は食事を終えると言った。「八時ですよ」

「そうね」

爽子は少し考えてから続けた。「私たちもどうするか決めなくちゃいけないわ。このままここに一晩泊まってしまうか、それとも淳子の車で町へ戻るか……」

八代はすぐに、

「ここにいましょう。何があるか分らないですからね」

と言った。爽子は、

「淳子、どうする？」

と訊いた。淳子は肩をすくめて、

「どうでもいいわ」

と投げ出すように答えた。

「じゃともかく一晩泊まりましょうか。もっと遅く、中路が来るかもしれないし」

と爽子は決めて、「じゃ、あなたのお家へも電話しておくわね。詳しいことは話さないけど、心配していらっしゃるだろうから」

淳子は何とも言わなかった。爽子は食堂を出ると、廊下の電話を取り上げた。

八代は、淳子と二人になると胸苦しさがこみ上げて来るのを感じた。――恋人が、すぐそばに、手をのばせば届くほどの距離にいるというのに、何とも話す言葉を持っていないのである。

不意に、淳子がすすり泣きを始めた。八代はどうやって慰めればいいのか、途方にくれてしまった。これでも自分は彼女の恋人だと言えるのか、と、自嘲《じちょう》気味に考える。泣いているのに、肩を抱くこともできない。いや、抱いてやりたい気持ちはあるが、却って淳子を傷つけるのではないかと、直感的に思ったのだ。

八代は、小刻みに肩を震わせて泣いている淳子を見つめて、じっと座っていた……。

爽子が戻って来た。妙な表情だった。

「電話が通じないの」

と首をひねって、「変ね。何の音もしないのよ」

「故障ですか？」

「分らないわ。でも昨日は昭子さんが私の家へかけて来てるんだし……。ずっと故障のはずはないわね」

「おかしいな」

「ともかく、後でまたかけてみるわ」

淳子がふと立ち上がると、広間の方へ行ってしまった。八代は腰を浮かしかけたが、また椅子に戻った。

「行ってあげなさいよ」

と爽子は低い声で八代に言った。

「でも何だか僕の手の届かない所にいるみたいで……」

と八代が諦《あきら》めたように言うと、

「そうじゃないわ。淳子は、あなたを待ってるんだと思うわ、私」

「でも――」

「私が電話から戻ると、淳子、あっちへ行っちゃったでしょう。二人きりになりたかったんだと思うけど」

「そうか……」

八代の目が輝いた。

八代が急いで淳子の後を追って行くと、爽子は代わって椅子に腰をおろした。

昭子はどうしてしまったのか。そして中路も姿を現わさない。電話が不通になっている。

――こう重ねて考え合わせると、得体の知れない不安がつのって来る。

偶然ならいいが、一つにつながった出来事だとすると……。まさか！　それにここには三人もいるのだし、いざとなれば淳子の車もある。何も心配することはない。

そう自分に言い聞かせながら、爽子はつい周囲をそっと見回してしまうのだった。

八代は、広間のソファにポツリと座っている淳子の傍へ行って、腰をかけた。淳子は八代が来たのにも気付かない様子で、ぼんやりと床の敷物を見つめている。

「——大丈夫かい？」

われながら、何とつまらない質問かと思った。恋人が泣いているのに、もうちょっと気の利いたセリフくらい言えないのか。自分で自分がいやになった。

すると急に淳子がクスッと笑った。一瞬、八代は、また泣き出したのかと顔を覗き込んだのだが、驚いたことに淳子は口元に笑みを浮かべているのだ。八代はほっとした気分になった。

「何がおかしいんだい？」

と訊くと、淳子はチラリと八代の方へ目を向けて、

「あなた、あの時も、『大丈夫か』って訊いたわ」

「あの時？」

「私たちが初めて……」

「ああ」

そうだったっけ。モーテルで結ばれた時だ。

「どうもワン・パターンなんだよな、僕は」

「あなた、優しいわ」

淳子が言った。「――ごめんなさいね」

「謝ることなんかないよ」

「いいえ、謝らなくちゃ――謝ったぐらいじゃどうにもならないような真似をしちゃったもの」

「もういいさ」

「よくないわ。あの中路っていうのは、不思議な魅力のある男なのよ。でもやっぱりいくらかは自分の意志で――この人の言うなりになっておけば、有利だっていう打算で……あの人と寝たわ」

八代は胸にこみ上げる苦い味をぐっと飲み込んだ。

「もう……あなたと別れるわ、私」

「何言い出すんだ！」

と思わず大声を出してから、自分でも慌てて声を低くして、「何言ってるんだ。もう終わっちまったことじゃないか。全部忘れちまおう。それで――」

「そうはいかないわ。私の気が済まないもの。あなたにずっと負い目を感じてなきゃいけないわ」

「だから僕はもう忘れる。本当さ。――奴《やつ》に一発パンチをお見舞いしてからね」

淳子は笑顔になった。

「やめてよ。もし本当にあの人が殺人犯人だったら、あなただって命が危ないわ」

「僕はそう簡単にやられやしない。心配するなよ」

「その自信が心配なのよ」

「つべこべ言うなって。僕に任せておけよ」

八代は淳子の肩へ手を回した。淳子はゆっくり彼の肩へ頭をのせた……。

爽子はそんな二人の様子を食堂からうかがって、ため息をついた。――これじゃ今夜は寝室は二つで足りそうだ。


十時になったが、中路は現われず、電話も通じないままだった。

「妙ね……。気になるわ」

と考え込む爽子へ、

「きっと来られなくなったのよ。電話も通じなくて連絡できないんじゃない？」

と、さっきまでとは見違えるように元気になった淳子が楽観的な意見を言った。これがもともとの淳子である。爽子は半ばほっとしながらも、いくらか腹も立った。

「それにしたって、昭子さんもいないし、妙なことばかりよ」

「大丈夫ですよ」

と八代が請け合う。「ちゃんと戸締まりをして、用心さえしておけばね。僕が見回っておきましょう。何なら僕、寝ずの番をしてもいいです」

「だけど――」

「徹夜くらい慣れてますよ。商売柄ね」

と八代が微笑むと、淳子が、

「私も一緒に起きててあげるわ」

と言った。「爽子、上で寝てていいわよ」

「はいはい」

馬鹿らしいこと、まったく！

「じゃ、ちょっと窓やドアの鍵を全部見て来ますからね」

八代は、そう言って広間から出て行った。

「――もう元気になったみたいね」

と爽子が冷やかし半分にからかうと、

「本当。ごめんね、心配かけて。――一泣きしたら、何だか呪《のろ》いがとけた王女様みたいな気分になっちゃったの。中路のことなんか、もうどうでもよくなって……」

「王子様もいるしね」

と爽子は澄まして言った。

「王子様にしちゃ安月給だけど」

そう言って淳子は笑った。

「いい人じゃないの」

「そうね。——平凡な人だけど、私みたいな凡人にはいいのかもね」

八代が二階へ上がって行く足音が聞こえた。

「本当にあの人、一晩中起きてるつもりかしら？」

「そうでしょう、きっと」

淳子は足音の方を目で追いながら、「二人の乙女《おとめ》を守る騎士《ナイト》ですものね」

「いざとなったら、私のほうは見捨てられるんじゃないか、心配だわ」

と爽子は冗談を言った。淳子が、

「コーヒーでも淹れようかな」

と食堂の方へ立って行った。爽子はほっと息をついて、もう一度電話が通じるかどうか試してみようと腰を浮かした。

その時、山荘の明かりが一斉に消えて、三人は闇の中に包まれた。

咄嗟には動くこともできず、爽子は立ちすくんだ。

「どうしたの？」

淳子の声がした。

「じっとして!」

爽子は怒鳴《どな》った。——しばらくすれば、少しは目が慣れて来る。慌てて動いたら、却って危ない。明かりは? どこかに懐中電灯がなかったろうか?

爽子は必死に思い出そうとした。台所。台所のわきに——確か消火器と一緒に——。

その時、闇を突き破るように、ガラスの割れる音が室内に響いて、爽子は飛び上がりそうになった。

見当をつけて、食堂の方へと走り出す。途中、テーブルにつまずいたり、マガジンラックらしいものを蹴飛《けと》ばしたりしながら、食堂の入口を捜し当てた。

「淳子! いるの」

「な、何?」

淳子の震え声がした。「今の音、なあに?」

「窓ガラスが割れたらしいわ」

「どうして?」

「そんなこと知らないわよ」

と爽子は苛々して言った。「どこに立ってるの?」

「台所……。ガステーブルの前よ」

「そのまま右へ行って。ずっと右へ。……消火器が壁にかかってるわ。その下に、確か懐中電灯が下がってるはずだわ。探して！」

「右？　左」

「右よ、右！　早くして？」

「分ったわよ」

と淳子の情けない声がする。ガタゴト物音がして——実際には一分くらいのものだったろうが、じりじりと待つ身には十分もたったかに思えた——不意にポッと黄色い光が台所を照らした。

「点いたわ」

懐中電灯を持って、淳子がほっとしたように言った。

「こっちを照らして。——そう。早く来て」

「一体どうしたのかしら？」

「分らないわ。停電にしては妙なタイミングだし、窓が割れたのもね」

「誰かがわざと……」

「かもしれないわ。こっちへ貸して」

爽子は懐中電灯を受け取ると、広間の方へ戻って行った。淳子が慌ててついて来る。

「大丈夫？」

「仕方ないじゃないの」

——広間の、広い窓の一つが粉々になっていた。ガラスの破片が散らばって、近寄れない。

「危ないわ。けがするからあまり近付かないで。それにしても……」

「一体どういうことなの？」

「分るわけないでしょう」

と爽子は素気《そっけ》なく言った。床をずっと照らしたが、石や、それらしいものは見当たらない。では誰かが棒か何かで割ったのだろう。

冷たい風が吹き込んで来て、二人は身震いした。

「誰かが入って来たのかしら？」

と淳子が言った。「そのために電気を切って——」

「まさか！」

爽子は首を振った。「入るにしたって、何もこんなに大げさにしなくても」

「だって、相手は変質者かもしれないんでしょう？」

それは確かにその通りだが……。爽子は懐中電灯の光で割れた窓を照らし出してみた。かなり破片が窓枠に残っている。入って来るのは危険だ。けがをせずに入れるとは思えない。しかし、それならなぜこんなことをしたのだろう？

「他に……どこかが……」

と爽子は呟いた。

「え？」

「ここに注意を引きつけておいて、どこか他の所から入るつもりなのかもしれないわ！」

「ど、どこから？」

「分らないわよ……。あの小部屋！」

「少し窓の張り出した部屋？」

「そうよ。行ってみましょう！」

「あ、危なくない？　彼を呼んで――」

「そう言えば、八代さんどうしたのかしら？」

二人は急いで廊下へ出ると、階段を照らした。

「やあ、よかった！」

階段の上から八代が顔を出して、「何しろ真っ暗でね。一寸先も見えないんだ。やっと手探りでここまで来たんですよ。照らしててください。――ありがとう。さっきの音は何です？」

階段を駆け降りて来ると、八代は訊いた。

広間の窓を見せると、八代は、

「ひどいな……でも何のために」

と首をひねる。爽子が自分の考えを説明すると、八代は肯いた。

「僕が見て来ましょう」

と懐中電灯を持ち、読書室といった様子の小さな部屋へ向かった。残る二人も少し離れてついて行く。

「——別にどうってことはないみたいですね。窓もちゃんと閉まってる。さっき上へ行く前にここも見ましたからね」

と小部屋の中を一回り照らしてみて、

「大丈夫。戻りましょう」

三人は広間へ戻った。

「ともかく明かりをどうにかしないと」

と八代が言った。「どこで切れてるんだろう？　安全器はどこなのかな」

「たいていは玄関か台所ね。気が付かなかったけれど……」

探すほどもなく、台所の隅に安全器があった。切れていない。

「それじゃ外をやられたんだ。全体的な停電でない限りは、窓ガラスを壊した奴が電気を切ったんですよ」

「どうしたらいいかしら？」

「電話も通じないとなると……」

「三人で町へ行きましょう」

と爽子が言った。「淳子の車があるわ」

「でも……その昭子って女性はどうします？」

「今まで帰って来ないんだもの。とても今夜中に戻るとは思えないわ」

戻るとしてもね、と爽子は内心で付け加えた。

「そのほうが安全らしいな。じゃ、そうしましょう」

「私、運転するわ」

淳子が肯いた。「表へ出ても大丈夫かしら？」

「なに、三人もいるんだ。心配ないよ」

八代は元気付けるように淳子の肩を叩いた。

「それじゃ行きましょう」

爽子は中路の似顔絵を丸めて手に持った。

三人は玄関へ降り立った。八代がそっとドアを開けて、外の様子をうかがう。

「大丈夫。素早く出よう」

と低い声で言って、「じゃ、ついて来て」

とドアから滑るように出る。爽子、淳子も後に続いた。フォルクスワーゲンは玄関のほとんど正面に置いてある。三人は足早に駆け寄った。

「キーを」

八代に促されて、淳子がバッグを探る。その時、爽子がふっと眉を寄せた。

「この匂いは？」

八代が一瞬置いて、

「ガソリンだ！」

と言った。懐中電灯の光を足下へ這《は》わせる。ガソリンが車の下に流れ出て、池をつくっていた。

「畜生《ちくしょう》！　やられた！」

「乗れないかしら？」

「こんな所で点火したら大変だ。もし引火したら三人とも丸焼けだよ。畜生め！」

「あっちの車は」

「キーがない」

「そうか……」

淳子ががっかりしたように、「じゃどこにも行けないじゃないの」

「歩いて近くの山荘まで行けないこともないけど……」

爽子は首を振って、

「危ないわ。この夜道を歩くのは、いくら三人だからって危険よ。襲われでもしたら、一人はけがをするわ」

「そうですね。中にいたほうがよさそうだ」

と八代も同意した。

「あんな暗い所に？」

淳子が情けなさそうな声を出した。

「非常用のロウソクぐらいあるはずだよ。それに——そうだ。車の中に懐中電灯があるだろう」

「あ、そうだったわね。出しておこう」

淳子は急いでドアを開けた。

「あっちの車のも使えるとちょうど三つになっていいんだけど」

「ドアが開かないわ」

「窓が少しでも開いてれば、何とかなるんですがね」

二人は昭子のフォードのほうへと歩いて行った。八代は淳子に懐中電灯を持たせて、窓を調べていたが、

「だめだな。窓を壊せばともかく」

「トランクにでも入ってないかしら？」

と淳子が言った。「少し開いてるみたいよ」

「え？」

八代はフォードの後ろへ回った。「本当だ。さっきは気が付かなかったな。まあ車なんかよく見なかったから……」

八代がトランクを開けた。懐中電灯で中を照らして、淳子が、

「キャッ！」

と短い声を立てた。

トランクの中に、沼原昭子が身をよじるようにして、押し込まれていた。

5

「死んでる……？」

淳子が震え声で言った。八代も必死に落ち着こうと深く息をついていた。

「見れば分るわよ」

爽子は青ざめてはいたが、落ち着いていた。ある程度これを予期していたせいもあったかもしれない。

「服が血だらけだ……」

八代はゴクリと唾《つば》を飲み込んだ。「殺されたんだ」

「ど、どうしましょう？」

淳子はその場に座り込んでしまった。

「このままにしておく他はないわ」

と爽子が言った。

「でも、せめて中へ運び込んで……」

「これは殺人事件なのよ。このままにしておかなくちゃ。私たちが手を付けるわけにはいかないわ」

「それはそうだ」

八代はやっと少し落ち着いた様子で肯いた。

「どうするの？」

「警察へ届ける――といっても、今は出られないからな。中へ入ろう。朝になるのを待つんだ」

淳子は八代に手を取られて、ようやく立ち上がった。

「しっかりして」

「ええ……。もう大丈夫よ。あんまりびっくりして……」

「こっちだってそうさ」

八代は淳子の肩を抱いた。「さ、行こう」

三人は、山荘へ戻った。ドアを閉め、鍵をかけ、チェーンをかける。

広間へ戻ると、三人は暗がりの中で、ソファにしばらく座り込んでいた。何を話す気にもなれない――死体を、それも他殺体を見るショックはやはり大きかった。それも、宮本のように事故とも見える死体と違って、血だらけの死体である。

「やったのは中路かしら？」

と淳子は言った。

「そう……でしょうね」

「すると中路は僕らより先にここへ来たんだ。たぶん昨夜のうちに。そして彼女を殺した……」

「でも何のために？」

「決まってるさ。彼女がここで昔の似顔絵を捜していると知って、女学生殺しがばれないように殺したんだ」

暗い中では、何となく話し声も低くなってしまう。

「でも、ちょっとおかしいと思わない？」

と爽子が言った。「それなら、なぜこの絵を持って行かなかったのかしら？」

と丸めた似顔絵を手にして、

「これを残しておいたら何にもならないじゃないの」

「きっと捜し出す暇がなかったんですよ」

八代が言った。「彼女を殺して、その死体を片付けるのに手間取って、捜す時間がなかったんだ」

「それはそうかもしれないけど……」

と爽子はどこかすっきりしない気持ちだった。

「じゃあ、私たちも……」

と淳子が言い出した。「その絵のことを知ってるんだから、殺されるのかしら?」

「その危険があるから、こうして三人でいるんじゃないか。心配するなって。近寄らせやしないよ」

さっき青くなったのも忘れて、八代は力強く言い切った。

「でも、ともかく、こう暗くちゃね……。

爽子は部屋を見回した。ロウソクを捜してみましょうよ。明るくしておいたほうが気分も安まるわ」

「賛成ですね」

台所の引出しに大きなロウソクが十一本入っていた。八代がライターで全部に火を点けると、ともかく食堂と広間に三本ずつ、ぼんやりとではあるが、光が部屋全体に行き渡る程度には明かるくなった。

壊れた窓からの風が炎を吹き消しそうになるので、八代が靴をはいてガラスの破片の中へ踏み込み、窓にカーテンを引いて、その下の両端を椅子で挟んで止めておいた。それで何とか風は防げる。

あとは廊下に一本、玄関の上がり口に、一本立てて、それから読書室にも一本立てておいた。

「火事にならないかしら？」

と淳子が心配そうに言った。

「心配性だなあ」

と八代が笑って、「ちゃんと燃えやすい物から離して立ててあるから心配ないよ」

「それならいいけど……」

淳子は天井を見上げて、「この家、木造でしょ。燃えたら早いだろうな……」

「あと二本あるわ」

と爽子が言った。「二階はどうしましょうか」

「上へ行かなければ必要ないと思うけど……」

「階段の所に立てればいいわ」

「そうですね。僕に任せてください」

一本が階段の踊り場に、もう一本が上がり切った所の手すりの上に立てられた。

「これでＯＫだ」

八代が階段を降りて来る。その影が大きくのびて、巨人のように壁に揺らいだ。

「何だか深夜喫茶みたい」

と淳子が言った。

「音楽がないけどね」

「電気が切れてるんじゃ、ラジオもつかないわね」

「静かなのもいいもんさ」

淳子は八代に身をすり寄せるようにして、

「あと何時間ぐらいかかるのかしら？」

「夜明けまで？――今、もう少しで十二時だ。五、六時間だな。少し眠ったら？　僕がちゃんと起きてるから」

「いいわよ。私も起きてる」

「無理するなよ」

「残念だわ」

「何が？」

「こんなことにならなきゃ、今夜、あなたと寝ていられたのに」

「本気かい？」

「もちろんよ。——あなたがその気になればだけど」

「いつでもその気だよ」

八代は淳子を抱き寄せて唇を重ねた。

「爽子が……」

「食堂にいるよ」

八代は構わず淳子を抱きしめた。淳子も逆らわず、体の力を抜いて彼の腕の中に憩っていた。

爽子は食堂のテーブルにじっと座っていた。目の前には、中路の例の似顔絵が広げて置いてある。

恐れていたことが事実になった。昭子は無残に殺され、今、自分も命を狙《ねら》われている。明るくなるまで何事もなければ、助かるだろう。

——強みは、向こうが一人で、こっちは三人だということ。そして八代がいることだ。やはり若い、それも警備員をやっている男がいるのだから、それだけでも犯人は警戒するに違いない。

どうして時間のたつのがのろいんだろう?

——爽子はため息をついた。ぼんやりしていると眠くなりそうだ。

「淳子……」

と広間へ入って行きかけて、ソファで二人が固く抱き合っているのが目に飛び込んで来た。慌てて食堂へ戻る。

「あーあ」

あんまり頼りにできないわね、あの警備員は、と独りごちた。

「あの……」

と八代が顔を出す。「何か用でしたか？」

「いいえ、別に。ごめんなさい、お邪魔して」

八代は照れくさそうに頭をかいた。

「まだ絵を見てるんですか？」

と八代はテーブルの似顔絵を見て言った。

「他にすることもないし……」

「そうですね。早く朝になるといいけれど」

「本当にね」

爽子は立ち上がって、「少し濃いコーヒーでも作りましょうか」

と言った。

「お願いします。何だか夜勤をやってる気分ですよ」

「どうぞ淳子のそばにいてあげて。持って行きますから」

と爽子は気をきかせる。

「すみません」

八代は素直に肯いて広間の方へ戻った。風が顔を撫でた。

「おい、どうしたんだ?」

と八代は声をかけた。淳子が、壊れた窓のカーテンをからげて外を覗いている。

「別に……」

「風が入るとロウソクの火が消えちまうよ。それにその辺はガラスの破片だらけだぜ。けがするよ。どうかしたのかい?」

「何だか、ちらっと動いたような気がしたのよ」

と淳子は言って窓のそばから離れた。「気のせいだったのね、きっと」

「本当かい?　それじゃ覗いてみるよ」

「危ないわ」

「大丈夫。靴をはいてくる」

と八代は急いで玄関へ行くと靴をはいて戻って来た。

「もし相手が外をうろついてたら、とっ捕まえてやる」

「やめてよ」

と淳子は気が気でない様子。「相手は人殺しなのよ」

「なあに、中路みたいなじいさんに負けやしないよ」

と八代はニヤリと笑ってみせた。窓へ近寄り、カーテンを開ける。——とたんに窓のすぐ下から、人影が飛び出した。一瞬、八代は棒立ちになった。まさか本当に相手がそこにいようとは、思ってもいなかったのだ。

「いたぞ！」

と叫んで、「君らは動くな！」

と言い捨てると、広間から玄関へと飛び出して行く。

「やめて！　八代さん、行かないで！」

淳子の言葉など耳に入らない。八代は、恋人の体を汚した憎い相手を、この手で組み敷くことしか考えていなかった。

玄関から走り出ると、素早く、窓の方へと回る。——どこへ逃げた！　足を止め、じっと暗い林の方へ目をこらす。

「畜生……。どこにいる」

と呟きながら、目よりも耳へ神経を集中させると、ガサッと枝のこすれる音。

「待て！」

やみくもに八代はその方へと突っ込んで行った。

一方、淳子は、八代が行ってしまった後、呆然と広間に突っ立っていた。食堂から爽子が急ぎ足でやって来る。

「どうしたの？　八代さんは？」

「出て行ったのよ……」

「出て行った？――どうして？」

「外に誰かいたの……。それで……」

「まあ！　無茶な人ね」

爽子はため息をついた。気持ちは分らないではない。若くて、腕力にも自信はあるのだろうし、若い二人の女性を守るのだという義務感にも燃えているのに違いない。それに加えて、中路への個人的な怒りと……。

しかし、相手はすでに沼原昭子を殺しているのだ。何か凶器も持っていると見るべきだろうし、用心の上にも用心してかからねばならない。

「大丈夫かしら……」

淳子は不安気に手を握り合わせながら言った。

「きっと大丈夫よ。外は真っ暗ですもの、追いかけようがなくて戻って来るわよ」

爽子は淳子の肩に手をかけた。

「あの人に何かあったら……」

淳子の声が震えた。

「さあ、そんなに心配ばっかりしていないで座りましょう」

爽子は淳子を促してソファに腰をおろした。

「私たちに何かできることないかしら？」

と落ち着かない様子の淳子を、

「ここにじっとしてるのが一番いいのよ」

と爽子はなだめた。

破れた窓のカーテンが半ば開いたままになっているので、風が入って、広間のロウソクが一本消えてしまっていた。一段と部屋がほの暗さを増す。――静かだった。

「ごめんね、爽子」

と淳子が言い出した。

「何よ、急に」

「私のせいで、ずいぶん迷惑かけちゃって……」

「あなたのせいじゃないわ。ここへ来たのは、宮本さんを殺したのが誰だったのか知りたかったからよ」

「あの人を好きだったの？」

爽子はちょっと間を置いて、

「一緒に寝たのよ」

と言った。

「まあ」

「一度だけだけどね」

「そうだったの……」

淳子は呟くように言って、「あなたって、ついてないのね」

「本当ね」

爽子は苦笑した。そう言われてみればそうかもしれない。

「疫病神《やくびょうがみ》なんだわ、きっと。この次は刑事以外の人を恋人に選ぶことにするわ」

「警備員じゃ同じことかしら」

「さあ、どうかしら。――でも、本当にいい人じゃないの。あなたのこと、愛してるのよ」

「ええ、分ってるわ」

と淳子は肯いた。「私だって愛してるのよ」

「言わなくたって分るわよ。さっきの様子を見てればね」

ことさらに冷やかすように言ったのは、重苦しさをはねのけようとしたのだったが、あまり効果があったとは言えなかった。

「大丈夫かしら……。戻って来ないわね」

と淳子が立ち上がる。

「窓の方へ行っちゃだめよ」

「ええ、分ってるわ」

それでも、二、三歩窓の方へ歩み寄って、淳子は固く両手を握りしめながら、外の静寂に耳を澄ました……。


八代は、懐中電灯を持ってくればよかったと舌打ちした。暗がりの中で、まるで目かくしをされているようだ。

山荘の方角だけは、ロウソクの光がいくらか洩れて見えるので分ったが、その他はまるで深海にでも潜ったように暗い。

動き回るのをやめて、八代はその場にしゃがみ込むと、じっと耳を澄ました。相手はそう遠くへは行っていないはずだ。

こっちも音が頼りだが、向こうも同じなのだ。おそらく懐中電灯くらいは持っていようが、それを使えば、居場所を教えることになる。向こうも、こっちの様子をうかがって、じっと息を殺しているに違いない。

その気なら、こっちも待ってやる。――八代はそっと息をついて、少し気を楽にした。どっちが我慢できなくなって動き出すか、こうなりゃ、根くらべだ。

相手が何かナイフのような物を持っているのは確かだ。沼原昭子という女はおそらく刺し殺されたのだろう。その点は用心しなくてはならない。

しかし、八代は少しも恐れはしなかった。相手はいい加減老齢なのだ。こっちほど動きが敏捷《びんしょう》なわけもない。居場所さえつかめれば、捕えてみせる自信はあった。

「さあ、動け……。早く動け……」

八代は呟いた。風が、時々、かすかに枝をさわがせるが、それは本当に囁《ささや》くような音で、誰か人間が動けばはっきり分る静かさである。

なかなか敵も粘るな。——八代は、淳子が心配しているだろう、と思って、いったん山荘へ戻ろうかと考えた。しかし、せっかくこうして相手が近くにいるというのに、見逃す手はない。それに捕えてしまえば、もう朝までの時間を、不安の中で過ごすこともないのだ。

ともかく、もう少し待ってみよう。

そう思った時、枝を踏む音がして、八代は緊張した。——空耳か？　いや、そうではない。確かに、誰かがいるのだ。じっと息を殺していると、また枝の折れる音がした。

間違いない。一歩、また一歩と、相手が動き始めているのだ。音は遠くはなかった。おそらく、七、八メートルという所だろう。まだ待つんだ。相手の位置をはっきり確かめてからでなければ……。

八代のほうが身動きしないので、相手は少し安心したらしい。足を早めて、木々の間を抜けて行く。山荘の方の、おぼろな光の位置から考えて、どうやら相手は山荘とは逆の方向へ向かっているようだ。おそらく道路へ出ようというのではないか。どこかに車でも停めているのかもしれない。

八代はゆっくりと足を踏み出した。――不意に、数メートル先で、黄色い光が揺れた。相手が懐中電灯をつけたのだ。

うまいぞ！　向こうはこっちにまるで気付いていない。もう追跡を諦めたのだと思って、懐中電灯を使うことにしたのだろう。こっちはあの光を追っていけばいいわけだ。すぐに飛びかかるには、林の中では木の根につまずいたりして逃げられるおそれもある。向こうが道へ出る気なら、そこで一気に飛びついて行ったほうがやりやすい。

八代は、懐中電灯の光に、ぼんやりと浮かぶ男の後ろ姿を、そっと追って行った。

「心配だわ。どうしたのかしら？」

淳子は広間の中をせかせかと歩き回っている。

「遅いわね、確かに」

爽子も少し不安にはなっていた。しかし、だからといって、どうしようもない。

「私、外へ出てみようかしら」

と淳子が言い出した。

「だめよ！」

爽子が慌てて止める。「それこそ、あなたが襲われたら大変じゃないの。大丈夫。八代さんなら心配ないわよ」

「うん……」

渋々肯いたものの、歩き回る足取りは一向に緩まない。——ソファに座った爽子は深々と息をついた。早く戻ってくればいいのに。別に無理をして中路を捕える必要はないのだ……。

淳子が足を止めて、

「あの人——懐中電灯も何も持ってないのよ。それに向こうは刃物か何か持ってるだろうし……」

その時、遠くから、

「待て！」

という八代の叫び声が聞こえて来た。爽子も思わず立ち上がった。

もう少し、もう少し、と八代は欲張りすぎたのかもしれない。獲物を前にして、ことさら自分をじらす快感を、八代は覚えていた。相手は道路へ出ていた。懐中電灯の光を足下へ落としながら、山荘から少しでも離れようとするかのように、急に足を早めた。

八代も道路へと滑るように出た。すぐに飛びかかれば易しかったのだろうが、つい、気付かれずに尾行する面白さに負けてしまったのだ。足音を立てないように、気を付けながら歩き出した。

皮肉なもので、林の中ではほとんど物音を立てずに進めたのに、道を歩き出したとたん、石を蹴《け》ってカラカラと音を立ててしまった。

前を行く男が、いきなり駆け出した。しまった、と舌打ちして、

「待て！」

と叫びながら、八代も走り出した。

簡単に追いつけるだろうと思ったのは誤算だった。向こうも必死らしく、なかなか間をつめることはできない。それに八代のほうは足下に気を取られて、思い切り走ることができなかった。

逃がしてなるものか！　八代は、揺れ動く懐中電灯の光を目印に、追い続けた。

走る内に、八代の若さが物を言い始める。相手のペースが目に見えて落ちた。距離が狭まっている。相手の喘《あえ》ぐ息づかいが耳に届いて来る。もう少しだ！

「アッ！」

と声がして、男が転んだ。懐中電灯が弾《はず》むように道を転がる。

「こいつめ！」

八代は男の上へ覆いかぶさるようにして飛びかかって行った。


「追って行ったのかしら？」

と淳子が言った。

「そうらしいわね。さっきの声、道路の方からだったでしょう」

「捕まえられたのかしらね」

答えられるはずもないので、爽子は黙って首を振った。――重苦しい沈黙が続いた。

「淳子、あの人と一緒になるの？」

何か言わないではいられなくなって、爽子は訊いた。

「ええ。そのつもりよ」

「絵のほうはどうするの？」

「さあ……。分らないけど……」

淳子は肩をすくめた。「大して才能もないようね。諦めようかと思ってるの。趣味程度にして。海外出品なんていうのも、これでご破算だし」

「そうね」

「才能って、私みたいに気楽なもんじゃないと思うのよ。もっともっと命がけで、何もかも投げうって、それに総てを賭《か》ける……。やむにやまれず、そうするのが、本当に才能のある人だと思うわ。私みたいに楽をしながら、好きな時だけ描こうなんて、だめなのよ」

不安を紛《まぎ》らわしたいのか、淳子は早口にしゃべった。

「こういうのは、雑誌のさし絵とか、ポスターのデザインとかをやってりゃいいんだわ。私もそれくらいはできるかもしれない」

「そんなものかしらね」

「そう。後は平凡な主婦業で……」

突然、玄関のドアがバタンと音を立てた。二人は顔を見合わせ、それからほとんど同時に広間から走り出た。

玄関のドアが大きく開いていた。――が、人の姿はない。

「八代さん！」

淳子が足を止めて、呼んだ。爽子は淳子をかばうように前に立って、

「気を付けて！　誘い出す罠《わな》かもしれないわ」

ドアの外で、何かが動く気配があった。

「誰なの？」

爽子は、声がしっかりとしていて震えてもいないのに自分でも驚いていた。淳子がいるせいかもしれない。何となく自分より小柄だというだけで、淳子を守らなくてはという気

持ちになるのだった。一人だったら、青くなって声も出ないかもしれない。

廊下のロウソクの光が風で揺らいだ。玄関がまるで波打つように見えた——。八代が現われた。よろけて、足がもつれたと思うと、玄関へ崩れるように倒れた。

「八代さん！」

淳子が叫んで駆け寄る。爽子は素早くドアを閉め、鍵をかけた。淳子が八代を抱き起こして、短い悲鳴を上げた。

八代の腹部が真っ赤に濡れている。

「こんな……ひどい……ひどいわ」

淳子が声を震わせる。爽子はかがみ込んで、八代の顔に見入った。血の気が失せている。相当な出血だ。

「ともかく広間へ……」

爽子が八代の右腕をつかんで自分の肩へ回した。

「淳子！　そっちを持って！」

大声を出すと、呆然としていた淳子が、われに返って、慌てて八代の左腕を取った。

ぐったりした男を、若い娘二人で、抱え上げるのは、大変な重労働だったが、それでも必死だったせいか、何とか広間のソファまでそう手間取りもせずに運んで行くことができた。

「八代さん……。しっかりして」

淳子がオロオロしながら涙声を出す。爽子は、

「ともかく血を止めないと……」

と言ったものの、むろん傷の手当をした経験はない。それでも、血まみれになった八代を目の前にして気も失わずにいられるのは、やはりこんな状況だからだろう。

「どうすればいいのかしら?」

「何か布がいるわね」

と爽子は考えて、「二階の部屋にシーツがあるわ。それを包帯の代わりにして——」

「——持って来るわ!」

淳子は懐中電灯を手に広間を飛び出して行った。爽子は八代の胸に耳を当ててみた。

——弱々しくはあるが、心臓の鼓動が聞こえて来る。しかし、息もほとんど絶え入りそうだし、容易な傷でないことは素人《しろうと》にもよく分った。

大変なことになった。八代がこの状態では、相手はもう怖いものなしということである。八代も急いで病院へ運ばなければ、おそらく——命はあるまい。

完全に追いつめられてしまった。

「持って来たわ!」

と淳子が白いシーツを抱えて、飛び込んで来る。「洋服ダンスに入ってて、きれいなの

を持って来たから」

「それなら大丈夫だわ。ともかくお腹に巻きましょう」

淳子が八代の上体を起こして支えると、爽子がシーツを帯状にして腹へ巻きつける。白いシーツが、たちまち朱に染まった。

「ああ……八代さん、お願いよ、しっかりして！」

淳子が祈るように言った。「救急車を呼ばなくちゃ！」

「そうね。……でも方法がないわ」

「私が行く！」

「だめよ！　出て行けばあなたもやられるかもしれないわ」

淳子は首を振った。

「八代さんを放っておけないわ。犯人だって――逃げちゃったかもしれないし」

「それなら私が行くわ」

と爽子が言った。「あなたは八代さんのそばにいてあげなきゃ」

「でも――」

淳子が言いかけた時、八代が低く呻《うめ》いた。急いでかがみ込むと、淳子は八代の手をつかんだ。

「八代さん！……私よ！　しっかりして！　すぐに救急車を呼んで来るから！」

八代が軽く身震いした。「――寒いの？　毛布を持って来るわね」

淳子がもう一度二階へと駆けて行く。爽子は、八代の手を取って、手首の脈を見た。そして胸へ耳を押し当て、そのままじっとしていた……。

「毛布を持って来たわ！」

息を弾ませて、淳子が戻って来た。爽子は立ち上がって、

「淳子……。八代さん、死んだわ」

と言った。

6

淳子が身動きした。爽子は、ソファに横たわった淳子の顔を覗き込んだ。

淳子が目を開いた。

「……爽子」

「気が付いたわね」

淳子は当惑したように目を細めながら、ゆっくり起き上がった。

「気分はどう？」

「分らないわ……。何だか……ひどい夢を見たの。……八代さんが……血だらけになって……怖い夢だったわ」

爽子は目を伏せた。淳子は、

「彼、どこにいるの？」

と訊いた。

「淳子。夢じゃないのよ。八代さんは、本当に死んだのよ」

爽子は、わざと乾いた調子で言った。同情を示すような言い方は却ってまずい、と思ったからだ。

「死んだ……」

淳子はゆっくりと繰り返した。「死んだの？」

爽子は肯いて、もう一つのソファの方へ目を向けた。毛布で覆った八代の死体がある。

淳子はソファに突っ伏した。——そして、そのまま、しばらくじっとしていた。

「しっかりして、淳子」

爽子は、淳子の肩を抱いた。淳子がゆっくりと顔を上げる。泣いてはいなかった。虚ろな表情だった。

「死んだの？　本当に？」

「ええ。気の毒したわ。でもね、私たち、しっかりしなきゃ。犯人にとっては私たち二人なんか片付けるのは簡単よ。いつ、襲って来るかも分らないわ。それに、もしかしたら、どこかから、もうこの山荘の中へ入り込んでいるかもしれない」

「どうすればいいのかしら？」

「ちょっと考えてみたんだけど……」

と爽子は言った。

「で、どうするの？」

「ここで襲われるのを待っているよりも、こっちが出て行こうと思うのよ」

「出て行く？」

「そうよ。歩いて行くの。ともかく人のいる山荘へ着ければこっちのものだわ」

「でも……危ないじゃないの！」

「ここで待ってたって危ないわよ。むしろ相手の好きなようにされるだけだもの。少し向こうの意表に出てやらなきゃ」

淳子は不安げに、

「巧《うま》くいくかしら？」

と言った。爽子は、淳子の気持ちを巧く八代の死からそらすことができた、と思った。

「それはやってみなくちゃ分らないけど、ここでじっとしているよりはましだと思うわ」

「でも……どこで待ち伏せてるかもしれないのに……」

「逆に、万一相手がこの山荘の中にいるとすれば、外へ出たほうが有利よ」

「すぐ後を追って来るわ」

「この暗い中ですもの。差をつけておけば、そう簡単に追いつかれはしないわ」

淳子は、なおしばらくためらっていたが、やがてゆっくり肯くと、

「分った。あなたの言う通りにするわ」

「じゃ、ともかく起きて。——大丈夫？」

「ええ。ちょっとふらつくけど……。何とか走るぐらいは平気よ」

「その調子よ。じゃ、いいこと、ここで待ってて」

「どうするの？」

「ここを真っ暗にするの。出て行く所を見られないようにね。それにはまず階段のロウソクを消しちゃわないとね」

「大丈夫？　もしどこかに中路が隠れていたら……」

「任せといて。そう何秒もかかるわけじゃないわ」

「気を付けて！」

——爽子はそっとドアを開けて廊下を覗いた。人の気配はない。素早く玄関の方へ走って、読書室のロウソクを吹き消し、玄関のロウソクを続けて消した。

階段の二本が問題だ。もし、相手が二階に潜んでいるとしたら、爽子がのこのこ上がって行けば、罠の中へ飛び込んで行くようなものだろう。しかしあの二本を放っておいたら、玄関までがまる見えになる。——窓から出ることも考えたが、思いのほか地面から高く、

下手《へた》に足でもくじけば、にっちもさっちもいかなくなる。

爽子は階段の下で身をかがめて、しばらく二階の様子をうかがった。じっと耳をそば立てても、物音一つ聞こえて来ない。

ぐずぐずしていては却って時機を失う。爽子は思い切って階段を駆け上がると、一吹きで上の一本を消し、取って返して、駆け抜けざまにもう一本を吹き消した。廊下が一瞬の内に暗闇に沈んだ。

広間へ飛び込んで、肩で息をした。

「大丈夫？」

淳子がソファから飛びはねるように立ち上がってやって来た。

「何とかね。廊下は全部消したわ」

「じゃ、後は――」

「食堂の三本を消してくれる？」

「ええ、いいわ」

淳子が走って行って食堂を暗くする。爽子は広間の三本の内一本だけを残して消した。

――ただ一本のロウソクの火だけが、弱々しげに揺らいでいる。

淳子が戻って来た。

「懐中電灯は？」

「そのテーブルよ」

電池が弱り始めていたので、いざという時のために消しておいたのだが、点けてみると、いくらか弱くなってはいるものの、足下を照らす程度には充分だ。

「二本あるから一本ずつ持ちましょう」

「どうやって出るの？」

「玄関からよ。ここを消して、懐中電灯の光を体で隠しながら玄関へ出る。靴をはいたら明かりは消して、外へそっと出ればいいわ。後はできるだけ早くここから離れることね」

「巧くいくかしら？」

「何とかなるわよ。——ちょっと待ってて」

爽子は懐中電灯を手に、食堂へ行った。あの似顔絵を持って行こうと思ったのだ。懐中電灯の光の輪がテーブルの上の絵に落ちた。爽子は急いで絵を丸めると、左手に握った。

広間へ戻りかけて、

「淳子——」

と呼んだ言葉がとぎれた。広間はロウソクが消えて、真っ暗になっている。

「淳子。——どこ？」

返事がなかった。爽子の懐中電灯の光が、広間をまさぐった。——淳子の姿はなかった。

爽子の顔から血の気がひいた。一体どうしたというんだろう？　何が起こったのか？

ほんの一瞬の間に、何が……？

広間から玄関の方へ出るドアが、少し開いていた。さっきは閉まっていたはずである。淳子が一人で先に行ってしまったのだろうか？　いや、そんなはずはない。あんなに爽子を頼りにしていたのに。

爽子は懐中電灯を消して、暗闇の中を一歩一歩、手探りで進んで行った。玄関へのドアが手に触れた。じっと耳を澄ましたが、自分の心臓の鼓動ばかりが体を震わせるほどに響いていた。

このまま立っていても仕方ない。どうするか。――淳子を捜すか、それとも一人で山荘を出るか。爽子は迷った。相手はおそらく、爽子が淳子を残して行くとは思っていまい。むしろ相手がこっちを待ち受けているとすれば、今が山荘を出るチャンスかもしれない。早く助けを求めることが、もし淳子の身に何かあったとすれば最善の道だ。爽子はそう心を決めた。

ドアの隙間を極力そのままにして、爽子は体を横にして通り抜けた。玄関へかがみ込んで、手探りで靴を捜す。――どこだろう？　この辺に――確かこの辺に――。

やっと見つけたのは、降ろした手のすぐ手前だった。静かに靴をはき、玄関の鍵を……。チェーンが外れていた。

誰かが、出て行ったのだ。爽子はためらった。相手は表で、彼女が出て行くのを待ち受けているのかもしれない。

　しかし、もう止められなかった。決意が彼女を押し流した。一か八か。やってみる他はない。――爽子はドアを開けて、素早く外へ出た。


　夜は冷たく、静かで、冴《さ》え冴《ざ》えとしていた。暗闇から突き出されるナイフも、背後からのびる腕も、爽子を出迎えなかった。

かすかな風に木々の枝がざわついて、虫の音らしいものが、一定した周波数の信号音のように夜を貫いている。

　爽子はゴクリと唾を飲み込んだ。――今日は月がない。暗い夜だ。ともかく道へ出て、そこを辿って行けば、一軒ぐらいは、人のいる山荘にぶつかるだろう。そこへ入れてもらって、警察へ電話をかける。

　説明しても、信じてもらえるだろうか？　山荘に殺人犯がいるんです、と。――しかし、車のトランクの昭子の死体、山荘の八代の死体は、紛れもない事実だ。それだけあれば充分だ。

　爽子は一度懐中電灯を点けて、公道へ出るまでの、私道の方向を見定めると、明かりを消して歩き出した。最初はあまり急げない。相手の注意を引かないように、足音を殺して歩かなくてはならない。

相手。相手とは誰なのだろう？　中路、と淳子や八代は信じ切っていたが、爽子の中にはどうしてもそれを信じられない何かがわだかまっている。

なぜ、と訊かれれば、はっきりとは答えられないのだが、じっと考えれば、何かがまとまりそうな気がする。

しかし今は——今はともかく、助けを求めることが先決だ。総てはその後でいい。

私道から、道は悪いが、車二台ぐらい何とか通れる広さの公道へと出た。まずここまでは安全にやって来たわけだ。山荘の方を振り返ると、そこはもうただ木々の奥の暗闇で、その輪郭もさっぱり分らなかった。

爽子は懐中電灯を点けると、石だらけの道を照らしながら、足早に歩き始めた。

この辺は、いわゆる軽井沢銀座のあたりとは違って、そうそう別荘が軒を連ねているわけではない。まだ開発されていない林の中に、思い出したように、別荘が点在しているのだ。しかし、それだけに、どれもがかなり大きな造りであった。

一つ、二つ、爽子は山荘を見つけたが、どれも暗く閉じたままで、人のいる気配はなかった。爽子は腕時計を懐中電灯で照らした。もう十五分も歩いている。爽子は焦り始めた。早く、電話のある所へ行き着かなくては。——淳子の身も心配だった。

思わず足を早めて、

「あっ」

と声を上げ、膝を折った。大きな石の端に右足をかけて、足首をねじってしまったのだ。

苦痛が全身を貫いて、爽子は顔をしかめた。

「ああ……どうしよう……」

よりによって、こんな時に！

爽子はよろよろと立ち上がった。何とか――何とか立てる！　歩くんだ。歩かなければ、殺されるかもしれないんだ。

「頑張って！」

声を出して自分に言い聞かせると、思い切って足を踏み出してみる。ズキンと痛みが突き上げて来たが、こらえ切れないほどでもない。何とか行けそうだ。

一歩一歩、右足を引きずるようにして歩き出した。スピードは半減したが、ともかく進んではいた。爽子は唇をかみしめながら、じっと足下と前方に注意を向けた。どこかに、人家の灯が見えてくれれば……。

しかし行く手の闇は一向に光をのぞかせはしなかった。どこか、せめて一つ、人のいる山荘があれば、必ず電話はあるはずなのだから。

何とか……。祈るような気持ちで痛みに汗を額《ひたい》へにじませつつ、歩き続けて――突然、爽子は、水銀灯のついた小さな門の前に立っていた。

砂利道が前庭の中をくねって、その奥に、白いコンクリート造りの別荘があった。玄関が、明かりにポッカリと浮かんでいる。部屋の窓は暗いが、それは当然だろう。ともかく、玄関へ行って叩き起こすのだ。

門といっても腰までの高さだ。低い柵といったほうがよさそうだった。痛む足も、はやる心の前ではあまり気にならない。爽子はそれを乗り越えて前庭へ立つと、砂利道を辿る手間をかけず、芝生《しばふ》を真っ直ぐに玄関へ向かって突っ切った。

木の洒落《しゃれ》たドアで、インタホンがついている。爽子はチャイムのボタンを押した。むろん寝入っているのだろうから、すぐには起きて来ないはずだ。爽子は、三度、四度、繰り返し押した。そして、返事を待った。

――インタホンは沈黙していた。

苛立つ思いを抑えながら、また繰り返しボタンを押した。一分待ち、二分待っても、返答はなかった。

留守なのか？　そんな……そんな馬鹿な！

爽子はドアを力一杯叩いた。

「開けてください！――緊急の用なんです！　開けてください！」

口をドアへ寄せて叫んだ。しかし、返って来るのは、無頓着《むとんちゃく》な静寂ばかりだった。

爽子は、体中の力が一度に流れ出してしまったような気がした。ドアにぐったりともたれかかる。――こんなことってあるだろうか？　こんな時間に、一体どこへ出かけているのか……。

「落ち着いて。落ち着くのよ……」

口に出してそう言ってみた。何か方法があるはずだ。

ともかく、これ以上、別の別荘を捜し回る余裕はなかった。人のいる別荘がこの近くにあるとは限らないのだし、そんなにのんびりと捜してはいられない。ここから連絡するのだ。――しかし、どうやって？

しばらく迷ってから、決心した。窓を破ってでも中へ入ろう。人命にかかわる事態だ。後で訴えられるなら、それでもいい。ともかく電話だ！

爽子は建物のわきを回った。裏へ出ると、水銀灯に照らし出された広い芝生に、バーベキューをやるような机と椅子が置いてある。テラスにも白い椅子とテーブルが据えてあった。テラスから入るガラス戸を手で叩いてみた。厚みがありそうだが、ともかくロックのあたりだけでも破ればいいのだ。

庭を見回して、隅の花壇を縁取っているレンガを見付けた。足をかばいながらレンガを一個拾い上げて、テラスへ戻った。――しっかりとレンガを右手に握りしめ、ガラス戸のロックの近くへ向かって、力一杯叩きつけた。バン、と音がして、クモの巣のような白い亀裂がさっと広がった。しかし、まだ穴は開かない。

もう一度レンガを握り直し、同じ箇所を狙って叩きつけた。レンガが手からすっぽ抜けて、部屋の中へ飛び込んだ。ぽっかりと、丸い穴が開いていた。

手を入れてロックを外し、ガラス戸を開け、中へ入る。カーテンを開けると、庭の水銀灯の光が部屋へ射し入って来た。

そこは居間らしい。ソファやテーブル、ステレオといった、一通りの調度が揃《そろ》っていた。電話が目に飛び込んで来る。足の痛みも忘れて駆け寄ると、震える手で受話器を上げ、耳に当てた。発信音が聞こえる。爽子は大きく息をついてからダイヤルへ指をかけた。何かの影がダイヤルを覆った。

振り向くと、庭の青白い光を背に、男のシルエットが浮かんでいた。考える間もなかった。男が自分の方へ突き進んで来るのを、目にはっきりと見ながら、しかもその手が刃物らしい物を握っているのを知りながら、爽子は受話器をつかんだまま、棒立ちになっていた。

男がソファの角につまずいて身体《からだ》を泳がせたのは、まったくの幸運だった。そうでなければ刃物の切っ先は爽子の胸を貫いていただろう。

刃は空を斜めに切って、爽子の左腕に傷を負わせた。しびれる痛みに受話器を下へ取り落とした。しかし、その痛みが爽子をわれに返らせた。思い切り横へ飛んで、次の攻撃から身をかわすと、手に触れた物を男へ投げつけた。

相手の顔は暗くかげって分らない。ともかく、相手が自分を殺そうとしていることだけは確かだった。

足の痛みが爽子の動きを鈍らせた。部屋の隅の暗がりへ、爽子は追いつめられた。もう逃げ場がない。男の荒い息づかいが迫って来る。ここまで来て、ここで殺されるのか。

男は、爽子が手から落とした懐中電灯を手にしているらしかった。いきなりまぶしい光が爽子の顔を照らし出した。

「やめて！……やめて！」

思わず手で光を遮るようにしたのは、近づく刃物を見まいとしたのかもしれなかった。左腕の傷が痛んだが、すぐに何も感じなくなるんだ、と思った。心臓を刺し通されて、死ぬのだ……。

急に、人の声がした。笑い声が、話し声が、玄関の方から近付いて来る。男も一瞬ぎくりとした。爽子は素早く男の手から懐中電灯を叩き落として、男のわきを抜けて飛び出した。

男は一瞬迷ってから、庭へ向かって走った。男の姿が消えると同時に、居間の明かりが点いた。

爽子は床《ゆか》に倒れていた。部屋へ入って来た人々の笑いが突然断ち切られ、動きがストップモーションの映画のように凍りつき、目が大きく見開かれるのを、床から見上げていた。

それはそうだろう。ガラス戸が割られ、室内はめちゃめちゃになり、床には、腕から血を流した女が倒れていたのでは、驚くなと言っても無理なことだ。

「お願いです」

爽子は半身を起こしながら言った。「警察へ電話を……。〈中路〉という山荘で……人が死んで……」

そこまで言ったきり、爽子は気を失って床へ倒れ込んだ。

「この山荘ですか?」

とパトカーを運転する警官が訊いた。

「ええ、ここです」

爽子は肯いた。

もう朝になっていた。太陽はずいぶんと高かった。傷の手当に時間を取ったのと、爽子の話をなかなか警官が信用してくれなかったせいもあった。

しかし、ともかく今はやって来たのだ。淳子は大丈夫だろうか?

「急いで下さい」

と爽子がせかせるが、三人の警官のほうは半信半疑といった顔をしている。

「その車のトランクに死体が」

一人が走って行ってトランクを開けると目を見張った。

「本当だ！　死んでるぞ！」

やっと爽子の話を信じる気になったらしい。警官たちは爽子に手を貸して、玄関のドアを開けてくれた。

「淳子！　淳子！」

爽子は大きな声で呼んだ。「淳子、どこなの！」

「もう一人の死体は？」

警官の一人が訊いた。

「広間です。――ともかく淳子を」

「捜します。任せてください」

二人の警官が手早く一階の部屋を調べ、ついで二階へと上がって行った。

寝室の一つへ入って行った警官が、

「ここだぞ！」

と声を上げた。爽子はもう一人の警官の肩につかまって、階段を急いで上がって行った。

二人部屋のほうの寝室だ。入るなり、爽子は胸を撫でおろした。淳子が、警官に手足の縄を解いてもらっている所だった。それに気付いたのは、その後だった。

天井の梁《はり》に縄をかけ、男が首を吊《つ》っていた。足の下に、椅子が倒れている。

男の体はじっと止まって動かない。まるで空中に、見えないピンで止められたように見えた。

男は中路だった。

「爽子が食堂の方へ行ってる時、急に後ろから手がのびて来て、首に刃物をぐいっと当てられてしまったの。声も出せずにそのまま廊下へ連れ出されて……お腹を殴られて気を失ってしまったの」

山荘の広間に座って、やっと淳子の顔に血の気がよみがえってきていた。

警官はえらく親切で、コーヒーを作って二人に飲ませてくれた。

昼の、明るい光で見る山荘は、平和で、何事もなかったようで、楽しげに見えた。――しかし、昭子と八代、そして中路の三つの死は、事実なのだ。悪夢のようだが、夢ではないのだ……。

「それからどうしました?」

手帳を開いてメモを取っているのは、駆けつけて来た刑事で、まだ三十前という感じの若さだった。――爽子は谷内のことを思い出した。この事件のそもそもの発端になったあの事件を。

「気が付いた時は二階の寝室で、手足を縛られていました」

と淳子が続けた。「中路は爽子が——布川さんのことです——彼女が私のことを捜しに来ると思って待っていたようです。でもいつまでも人の動く様子がないので下へ降りて行きました。そして少しして、玄関から飛び出して行く音がしました」

「この人の後を追ったわけですね」

と刑事は爽子の方へ目を向けて言った。

「そうだと思います。——しばらく戻って来ませんでした。どのくらいか分りませんけれど……」

「それはいいですよ。縛られていては分らないでしょうからね」

「ええ。まあ一時間はたっていなかったと思います。中路はいきなり戻って来て、『もう終わりだ』と言いました。『あの女が警察へ連絡しているところだ。わしは自分の始末は自分でつける』と言って、私を縛ったのと同じ縄を上の梁へかけて……」

淳子は言葉を切った。刑事は肯いて、

「よく分りました。大変な目にあいましたね」

「ええ、本当に」

淳子と爽子は顔を見合わせた。

「あの……」

と淳子が言い出した。「家へ電話したいんですけど」

「どうぞどうぞ。もう電気も電話も直しましたからね」

「はい。爽子、あなたは？」

「あなたの次でいいわ」

「じゃ早く切り上げるわね」

淳子はそう言って電話へと駆け寄った。

爽子は言った。「あの、刑事さん」

「私が電話をかけようとして入り込んだお宅ですけど……。ガラス戸は壊すし、中はめちゃくちゃにするし、ずいぶんご迷惑をおかけしたんです。……弁償は必ずしますから、と伝えていただけませんかしら」

「いいですとも」

若い刑事は微笑んだ。「しかし、その心配はいらないと思いますがね。あちらだって、緊急の場合だったというのはご承知のはずですし」

「でも気が済みません。父からお払いしますから」

「分りました。そうお伝えしますよ」

刑事は快く肯いた。「しかし、これは大変な事件でしたね。東京での女学生殺し、警備員殺し、そしてここでも二人……。有名な画商だったとか？」

「ええ。実力者だったそうですよ」

「有名なのに、その陰で、秘密の人生を持ってる人は多いですからね。それが昂《こう》じてこんなことに……」

「ええ」

淳子が電話を終えて戻って来た。

「あなたに改めてお礼を言いに行くって言ってたわ」

「そんなこと、困るわ」

「あなたもかけてらっしゃいよ」

「そうね」

父の会社へかけると、

「何だ、お前、どこにいるんだ？」

と父の呆れたような声が聞こえて来た。

「軽井沢よ」

「軽井沢？——まったく、お前は遊んでばかりいて。いい加減で、まともに働くか、さもなければ嫁に行け」

爽子は思わず笑い出しそうになった。

「あのねえ、ちょっと事件があって、警察の人といるの。帰るのは明日になるかも——」

「警察だと！」

布川は大声を出した。「お前、一体何をやらかしたんだ?」

「別に。ただガラスを割って人の別荘へ入り込んだだけよ」

「何だと?」

布川が絶望的な声を出した……。

「説明に一苦労だわ」

とソファへ戻って、爽子は言った。「——淳子、元気出してね。八代さんのことは気の毒だったけど」

「分ってるわ」

と淳子は肯いた。「私のせいであんなことになって……。しばらく真面目になるわ、私」

と冗談めかして言った淳子の目が潤んでいた。

そこへ、警官の一人が、

「こんなものを途中で拾いましたが……」

と持って来たのは……

「あら、そうだったわ」

爽子は思い出して言った。「足をくじいた時に落としたんだ、あの絵」

「これが例の絵ですか?」

と刑事が爽子の方へ寄こした。

「ええ、確かにこれ——」

と言いかけて、「あら、こんなになっちゃったのね」

濡れた所へでも落ちたのか、中路の似顔絵は、すっかりにじんで、誰の顔か分らなくなってしまっている。

「これじゃ分らないわね」

と覗き込んだ淳子が言った。

「本当ね。——でも首を吊ったのは間違いなく中路だものね」

と爽子は言って、その紙をくるくると丸く巻いた。

最終章　書き直し

1

「もう一か月もたったのよ」

と爽子は言った。

「本当ね。生きててよかった、でしょ？」

「そうね」

と爽子は微笑《ほほえ》んだ。

新宿の地下街。——宮本と偶然に出会ったのがこの店だったのだ。あの時と同じ喫茶店、同じ友人。何だか、時計が逆回りをしたようだわ、と爽子は思った。

宮本が一人で座っていた席へと目をやると、若いアベックがにぎやかに笑い声を立てている。結局、人間そのものは、逆戻りできないものなのだ。

「事件のこと、早く忘れたいでしょ」

「え？——そうね。忘れたくても忘れられない、ってとこかな」

「でも、よくやったわね。私だったら、気が狂っちゃう」

「その場になればね。人間って、意外に逞《たくま》しいものよ」

「でも、人って分らないわね。あの中路っていう人、一流の画商だったんでしょう？」

「そうよ」

「つまり、絵がよく分る人だったのよね。それなのに、平気で人殺しを、それも女学生を何度も刺《さ》して殺すなんて……。芸術を解するのとどうつながるのか、不思議で仕方ないわ」

「そんなの別なのよ。芸術に殺人を防ぐ力なんてないわ。ナチスの幹部だってワーグナーやベートーヴェンを聞いてたんだもの」

「それはそうね」

「でも、よく殺人犯なんか捕まると、あの平凡な人が、なんて近所の人が驚いたりするけど、〈平凡な人〉なんていないと思うの。誰《だれ》だって、多かれ少なかれ、善の要素も悪の要素も持ってるのよね。それがちょっとしたきっかけで出て来る。――犯罪者にならない人は、そのきっかけに出食わさなかっただけの、幸運な人なのかもしれないわ」

「じゃ私もきっかけがあれば……」

「かもね」

「本当は私もちょっと罪を犯してるの」

「へえ、どんな？」

「寝坊の罪、怠惰の罪、二日酔いの罪」

爽子は笑って、

「それじゃ私も同罪だわ」

と言った。

「ねえ、爽子、ちょっと真面目《まじめ》な話なんだけど……」

「何なの？」

「私の従兄《いとこ》でね、今三十歳の人がいるのよ」

「それが？」

「どう？　お見合いしてみない？」

「私が？――だめよ、そんな」

「あら、どうして？　もういいじゃないの。そろそろ前のフィアンセのための喪もあけていいんじゃない？」

「でも……その後、もう一人の喪が終わってないのよ」

友人はキョトンとして爽子を見つめていた……。

見合いか。――して悪いこともないかもしれない。しかし、爽子は、宮本とのたった一度の関係が、まだ自分のうちで尾を引いているのを感じていた。

夜はアベックで満員になる中央公園を、爽子は暖かい陽射《ひざ》しを背に受けながら歩いている。

もう済んだ、もう終わったと思いつつ、まだどこか割り切れない自分をどうすることもできなかった。

確かに、中路は首を吊って果てた。似顔絵も、彼のものだった。――しかし、どうにも気にかかるのは、若い愛人を持ち、その気になれば、いくらでも女を自由にできた中路が、女学生を十何回も刺して殺すような異常者のイメージに巧《うま》く重ならないことであった。

異常者は、その充《み》たされない欲望を残酷な行為で果たしたのだろう。しかし中路は、十二分に欲望を充たしていたはずだ。一見平凡な男、というイメージともずれている。中路は、人に好かれるかどうかはともかく、やはり目立つ男、際立った男である。

「考えてばかりいても仕方ないわ」

と爽子は呟《つぶや》いた。何か――それこそ見合いでもして、気を取られることがあれば、妙な考えは忘れてしまうのかもしれない。

公園から駅へと、地下道をくぐって歩いて行くと、地下広場のあちこちで、学生やヒッピー風の男たちが、手製のペンダントやら、詩集やらの店を広げている。歩いて行って、爽子は足を止めた。似顔絵のバイトをやっているのだ。複雑な感慨が胸を走った。

足下に描いた作品が何枚か並んでいる。大した腕ではないが、描き方は似たようなもので、三人が一緒にやっていたが、どの絵も同じ手になるものとしか見えなかった。要するに揃ってドングリの背比べということなのだろう。

爽子が立ち止まっているのに気付いて、

「似顔絵、いかがですか？」

と声をかけて来る。慌てて手を振って、歩き出した爽子は、少し行って、また足を止めた。もしかしたら……。


「どうも無理を言ってすみません」

爽子は言った。

「いいえ、構いませんよ」

刑事は快く言って、「しかし、またどうしてあの山荘を見たいなんて気になったんです？」

爽子は、パトカーで中路の山荘まで送ってもらう途中だった。

「別にはっきりした理由はないんですけど……」

爽子の言い方は至って曖昧《あいまい》である。

「まだすっかりそのままですからね。どうぞゆっくりしてください。一体誰の所有になるのか、よく分らないようで……。ああ、あれですね」

あの山荘が見えて来た。——不思議に、感情は波一つ立たない。昼間の光の下で見るせいか、それとも一か月という時間が、記憶の中の建物を変えてしまっていたせいか。

パトカーが停《と》まると、刑事は玄関までついて来て、鍵《かぎ》を開けてくれた。

「電話もまだ通じますからね。帰りには、また電話してください。迎えに来てあげますよ」

「そんなことまで……」

「いいんです。どうせ暇なんですから」

若い刑事は、鍵を爽子に預けて行ってしまった。パトカーが見えなくなると、爽子は山荘の中へ入った。

変わっていない。それでいて、まるで見知らぬ場所へ来たような気もした。

玄関を上がり、広間へ入る。割れた窓に、板が打ちつけてあった。ガラスの破片もきれいに掃除されている。部屋の、テーブルの上や椅子《いす》のひじかけの上に、ロウソクを立てた跡がまだ残っていた。

爽子は、広間から食堂へ入り、廊下へ抜けると、二階へと上がって行く。

何をするつもりでここへ来たのか。爽子自身にも確信はなかった。ただ、何か、何か見落としていた物があるような、そんな直感に導かれて来たのである。

あるとすれば、屋根裏部屋か、それとも……そう、昭子が使っていた一人部屋……。

先に寝室のほうへと爽子は入って行った。昭子は、夜中に殺されたようだが、ちゃんと服を着ていた。ということは、不意を襲われたのでなく、ある程度、それを予期していたとも考えられる。

それならば、襲われる前に、何かを隠す時間があったかもしれない。例えば、似顔絵を……。

爽子は、昭子があの中路の絵を屋根裏部屋の箱の中へ入れたままにしていたという点が、どうも腑《ふ》に落ちなかった。それに爽子を呼んだ電話でもそうだ。

「あなたに、見てもらいたいものがあるの」

昭子はそう言った。中路の絵を見付けたのだったら、なぜはっきりそう言わなかったのか。わざわざ爽子を呼ぶまでもあるまい。身の危険を感じていたのなら、すぐ来るように頼むか、警察へ出向いたはずである。

ともかく、中路の絵を見付けたら、それを抜き出しておくのが当然ではないのか。そのまま絵のつづりの中に入っていたのは、どう考えてもおかしい……。

爽子は寝室の中を調べた。戸棚、引出しはもちろん、ベッドの下、枕の下、マットレスの下まで。――浴室の通風孔や、タオル置場、蛍光灯の上、考えられる場所はすべて調べた。

しかし、むだだった。

仕方ない。では、後は屋根裏部屋だ。爽子は廊下へ出ると、屋根裏部屋へ向かった。

ここを調べるのは大変だ。全部の荷物を開けていたら何日もかかるだろう。しかし、どれも封を開けられた跡はない。あるとすれば、やはり、あの古い絵を入れた箱……。

爽子は腰を据えて、改めて箱の中の絵を全部、一枚一枚取り出して調べ始めた。似顔絵とは限らず、箱の中の絵は全部だ。

見終わった後、空の箱をどかして、その後ろ、隣りの箱との隙間《すきま》を捜してみた。

収穫はなかった。

爽子はくたくたになって、下へ降りて来た。——台所の水道で手を洗い、それから、コーヒーなどがそのまま残っているのを見て、湯を沸かした。

椅子に腰をおろしてぼんやりと待っていると、何だか広間の方から誰かの顔が覗《のぞ》きそうな気がする。

「やあ」

突然、声がして、爽子は飛び上がらんばかりに驚いた。——あの若い刑事だった。

「ああ、すみません。おどかしちゃったかな?」

「ええ……ちょっと」

爽子は胸の動悸《どうき》を抑えるように手を当てて、肯《うなず》いた。

「どうも失礼。いや、姿が見えないんで捜してたんですよ」

「上にいましたから」

「そうですか」

「でも一体どうしてここに？」

「いや、どうしてと言われると困るんですが……構いませんか？」

「どうぞ」

「どうも」

刑事は椅子に腰をおろした。「私は大沢《おおさわ》といいます。まだ駆け出しで。――ともかく、ここへあなたを一人で置いとくのが、何だか気になりましてね」

「ご心配かけて――」

「いえ、とんでもない。こっちが勝手に心配してるだけですから」

爽子は思わず笑った。大沢と名乗った刑事は不思議そうな顔をして、

「何か？」

「いえ、あなたを見ていると、フィアンセのことを思い出して」

「はあ……。そうですか」

大沢は何とも複雑な顔をした。

「彼も刑事でしたの」

「そうでしたか。……『でした』とおっしゃるのは……」

「殉職しました」

「それはどうも。——すみません、妙なことを訊《き》いて」

「いいえ。もう昔の話ですから。——あ、お湯が沸きましたから、コーヒーでもいかがですか？」

「いや、そんな——」

「私も飲むんですから。どうぞ遠慮なさらないで……。といっても、私のコーヒーじゃないんだわ」

「そうですね。では、いただきましょう」

大沢は、やっとほぐれた笑顔になった。

「ちょうどいい所へ来ていただいたわ」

と爽子はコーヒーを出しながら言った。

「どういうことです？」

「話し相手がほしかったんですの、私。聞いていただきたいことがあって」

「私でよければ」

「お忙しいんじゃありません？」

大沢はちょっと笑って、

「忙しければここへ来ちゃいませんよ」

と言った。爽子もつられて笑った。

「そうですね。――じゃ、今度の事件のことなんですけど、聞いていただけます？」

「ええ、もちろんですよ」

爽子は、谷内の死から話を始め、偶然宮本に出会ったこと、その後、宮本が美術展で沼原昭子を見かけたこと……と順々に話をして聞かせた。

大沢は真剣な表情で聞き入っていた。

「よく分ります。とても整理された話し方をするんですね。いや感心しました」

「冷やかさないでください」

「いや本当ですよ。刑事というのは人の話を聞くのが商売ですからね。大体女性は細かい所にこだわって、大きな話の流れが分らなくなっちまう人が多いんです。あなたのように整然と話す方は珍しいですよ」

「あまり持ち上げないでください。うぬぼれ屋なんですから」

「それで、あなたがここへ来た理由は分りました。確かに腑に落ちない点もありますね。しかし、ともかくあの中路という男が沼原昭子という女性と、八代といいましたか、あの青年を殺したこと、あなたを殺そうとしたこと。これは確かでしょう」

「私、襲って来た男の顔は見ていません。シルエットだけで。――暗かったですし」

「しかし、それが中路だったのはあなたのお友だちの証言で——」

「それはそうなんですけど、私、今はともかく自分で分っていることだけしか確かなことはない、という気持ちで考えているんです」

「いや、一本やられましたね」

大沢は苦笑した。「それは捜査の鉄則ですよ。——証言というのは、往々にして主観的ですからね」

「そういう風に考えて行くと、どうもひっかかることが多すぎるんです。昭子さんが電話で中路の名を出さなかったこと、絵を抜いておかなかったこと……」

「すると、どういうことなんでしょう」

「分りません」

爽子は首を振った。「ただ、似顔絵が——誰か他の人を描いた絵があるような気がするんです」

「他の人？」

「でなければ、私にここへ来て、見てもらいたいものがあるという言葉がしっくりこないんです」

「なるほど。それでここを捜していらっしゃるんですね」

「捜しているんですけど、空振りですわ。それに広すぎて……」

「よろしい、僕も手伝いましょう」

「あなたが？」

　爽子は目を丸くして、「でもお仕事のほうは――」

「大丈夫ですよ」

　大沢は電話の方へ歩いて行くと、ダイヤルを回し、

「大沢ですが――ええ、この前の事件のことで、警視庁の方が出張捜査にみえてますので、しばらくご一緒に――。分りました、失礼のないようにします」

　爽子は呆《あき》れて言葉もなかった。

「――さ、始めましょう。沼原昭子はどうやら外で殺されたようだ。ということは、逃げようとして追いつかれたとも考えられるわけですね」

「私のように」

「そうです。するとここから逃げる前に、その何かを隠して行ったのかもしれない。そうなると二階よりむしろ一階のほうが可能性がありますね」

「じゃ下を……」

「捜してみましょう」

　大沢と爽子は一緒に、広間、食堂、読書室と捜し回った。――しかし、ともかくあるとしても紙一枚である。見付け出すにはよほどの幸運が必要だろう。

二時間近くかかって、結局何も見付けることができず、二人は食堂へ戻って来た。

「とても捜し切れませんね。短い時間じゃ」

「すみません、私のせいで……」

と爽子は恐縮して言った。

「いや、一向に構いませんよ。しかし、ちょっとお腹が空きませんか?」

「ええ、そうですね」

二人は顔を見合わせて微笑んだ。

「食べる所といっても……この辺は何もありませんからね。町へ出ないことには」

と大沢が言った。

「そうですね。——冷蔵庫に何かないかしら?」

「え?」

「そのまま、スイッチも入ってるんでしょう? 音がしてますもの」

「しかし、いくら何でも——」

「フリーザーのほうに入ってる物なら、何か食べられるかもしれませんよ。あの一晩だけ電気が切れてたけど」

爽子は立ち上がって冷蔵庫の方へ行き、フリーザーの扉を開けた。

「何だかずいぶん色々入ってますよ……これ、何かしら?」

白い紙包みを出して、「何だかごわごわした包装紙ね……」と呟きながら包みを開けて、はっと息を飲んだ。大沢が気付いて、

「どうしたんです？」

と立ち上がった。

「この包装紙！　見てください。包装紙じゃないんだわ！　似顔絵なんです！」

大沢は唸った。

「ここへ隠したのか。いや、気が付かなかったな！」

絵の隅の日付は、あの事件の日になっている。爽子は五枚の絵を、しわをのばして、テーブルへ並べた。

「これをあなたに見てくれと言ったんですね？　しかし……」

「待ってください」

爽子はじっとその顔に目をこらした……。

2

「わざわざ悪いわね」

と爽子は言った。

「別にいいわよ。どうせ忙しいわけでもなし……。そっちへ座ってくれる？」

淳子は、すっかり変わってしまっていた。以前のような派手さや快活さが影をひそめて、急に爽子よりずっと大人になってしまった感じだ。服装もずいぶん地味になった。

銀座の、広い通りに面したガラス張りのパーラー。まだ開店早々なので、客も少なかった。二人は明るい窓際に席を取っていた。

「ここでいい?」

と爽子が訊いた。

「いいわよ。そのほうが陰影が出ていいわ。日本人の顔はやっぱり平たいからね、斜めに光を当てて影を出したほうが……。動かないでください」

淳子は太い鉛筆を手にすると、スケッチブックに動かし始めた。

「何だかレントゲンでも撮ってるみたいね」

と爽子はちょっと笑った。

「それにしても、どういう気まぐれ? 私に顔を描いてくれなんて」

「お見合いしようと思ってね」

「まあ!」

淳子は思わず手を止めた。

「で、あなたに絵を描いてもらって、お見合い写真の代わりにしようと思ったの。いい考えでしょ」

「冗談じゃないわよ！　だったら写真を撮りなさいよ。写真館かどこかで」

「そういう平凡なの、いやなのよ」

と爽子は首を振った。「それに写真は表面しか写さないわ。絵なら、その人の個性が出てくるもの」

「巧い人が描けば、ね。私じゃだめよ」

「いいの。ねえ、お願い、描いてよ」

淳子も笑い出して、

「あなたも変わり者ね。いいわ。その代わり、これで破談になったって知らないから」

「それでもいいの。さ、描いて」

「分ったわよ」

淳子は手早く鉛筆を走らせた。芯《しん》が紙をこする音が、しばらく続いた。

「――さて、出来上がり」

淳子はスケッチブックのページを取って、

「いかが？」

と差し出した。爽子は、自分が微笑んでいる顔を眺めると、いささか妙な気がした。

「実物のほうが見劣りするわね。ありがとう」

「いいえ。この程度なら誰だって描くわよ、少し美術をやった人なら」

「おいくらですか?」

「そうねえ、ピカソ並みでなくてもいいけど……ま、ここのアイスクリーム代で手を打つわ」

「よかった! こちらもその予定だったのよ」

二人は一緒に笑った。

「お見合いが巧くいくといいわね」

「そうねえ……。あんまり気は進まないけど。あなたは、まだとてもそんな気になれないでしょうね」

「しばらくはね……」

淳子は目を伏《ふ》せて言った。

「分るわ」

やや、重苦しい沈黙があって、その後はまた、いつものおしゃべりに戻った。


淳子と別れると、爽子はタクシーに乗った。丸めた絵は紙筒に入れて手に持っている。

〈轟倉庫株式会社〉というプレートを一階で確かめ、爽子はそのビルの四階へ上がって行った。

受付の女子事務員に、

「社長さんにお目にかかりたいんですが」

と声をかける。

「お約束ですか？」

「いいえ。でも、布川爽子と伝えていただければ――」

「お待ちください」

受付から内線の電話をかけると、待つほどもなく、轟がやって来た。

「やあ、これはこれは！　よく来てくれましたね」

「お忙しいんじゃありません？」

「なあに、娘の恩人だ。どんな仕事より大事だよ。さ、入って、入って」

社長室へ通され、爽子はソファに身体《からだ》を沈めた。本当に沈んでしまいそうなクッションだ。

「いや、一度ゆっくり礼に行かにゃならんと思っておったんだが。ついつい忙しさに紛《まぎ》れて。――いや、まったく面目ない」

「いいんです、そんなこと」

「今日は、何か用で出て来たのかね？」

「さっき淳子さんに会って来ました」

「そうかね。そいつはありがたい――。いや、すっかり沈み込んでおってな。無理もないとは思うが……。少し慰めてやってくれ。気も紛れると思う」

「ええ……」

爽子は曖昧に言った。

「今、紅茶でも持って来させるから――」

「いえ、結構です」

爽子は急いで言った。「実は、お話があって」

「ほう。何かな?」

爽子は、どう切り出したものか、しばらく考え込んでいた。どんな言葉も不充分だった。

紙筒を開けると、爽子は一枚の絵を取り出した。自分の絵ではない。

「これは……」

と爽子は丸まった絵をテーブルに広げた。「轟さんの絵ですね」

轟は目をパチクリさせた。

「ん?……そう……そう言えば、わしかな?……これはどこで?」

「中路の山荘です」

と爽子は言った。――轟が口を固く結んだ。

「冷蔵庫の中に、包み紙に見せかけて隠してありました。あなたは見付けられなかったんですね」

爽子は続けて言った。「沼原昭子さんは山荘の屋根裏部屋で、この絵を見付け、昭子さんは、これが女学生殺しの犯人の顔だったと思いだしました。でもよく見るうちに、どこかで最近見たことがある顔だと気付いたんです。私が轟さんと待ち合わせた時、彼女は店の表からあなたを見ていました。どうやら同じ人間らしい。でも確信は持てなかった。それで私を呼んで、この絵を見せようとしたわけです。もしそれが中路の絵だったら、何も私を呼ぶ必要はないはずでした」

「しかし、——現に中路の絵が——」

「あれは淳子さんが描いた絵です」

と爽子は言った。「ここに淳子さんが私を描いた絵を持っています。中路の絵は見づらくなっていますが、警察で厳密に調べれば、同じ人間の描いたものと分るはずです」

轟は青白い顔でじっと爽子を見ていたが、やがてぐったりと力を抜いた。

「分った。——悪あがきをしても仕方ないようだ。だが頼む。淳子の奴は関係ない。あれは、ただわしを助けようとしただけなんだ。淳子には罪はない……何とか……」

爽子は答えなかった。答えられる立場でもなかった。

「あなたは中路をご存知だったんですね？」

と爽子は訊いた。

「そうだ。……もう四年近くになる。わしは……恥ずかしい話だが……少女を可愛《かわい》がる趣味がある。時折、人目を避けて、そういった秘密クラブへ出入りしていた。中路とはそこで会ったのだ。むろん、そういったクラブは会員の身分や名は秘密にして明かさない。ところが、淳子の美術学校の展示会へ出かけて、そこで中路にばったり会ってしまった。……画商という商売は儲《もう》ければ大きいが、損も大きい。奴も派手にやってはいたが、そう金もあり余っていたわけではないのだ」

「じゃ、中路がお金を……」

「ゆすった、というほどでもなかった。向こうも、一応その世界では知られた男だから、秘密を暴《あば》かれるのは困る。——しかし、こちらは家族持ちだ。その分の弱みがあるわけでね。——しかし、こっちも何とか会社の帳面の操作で金を浮かして払ってやっていた。ところが……」

轟は言葉に詰まった。爽子が代わって言った。

「あの女学生を殺してしまったんですね」

轟は両手で顔を覆うと、

「どうかしていたんだ……本当にどうかしていた……」

と血のにじむような声で言った。

「殺すつもりで誘ったわけじゃ——」

「違う。ただ……ただ、遊ぶだけのつもりだった。昔と違って、街で少女を拾えるご時世だ。話をつけて、あの場所で待っていた。反対側に似顔絵描きの娘がいたが……まさか、わしが描かれているとは思わなかった」

「その女学生を、なぜ殺したんです？」

「あの娘は、最初からわしを引っかけるつもりだったんだ」

「引っかける？」

「ホテルへ行って、わしと寝ている所を相棒の男の学生が写真に撮り、こっちを脅すつもりだったのさ。わしは途中で、後から尾けて来る男に気付いておかしいと思った。で、公園へ連れ込んで問い詰めてやった。娘は最初しらを切っていたが、そのうち、口汚くわしをののしり始めた。腹が立ったのでひっぱたいてやると、男のほうが急にナイフを持って飛びかかって来た。……そんな子供にやられるほど、こっちも老い込んではおらん。ナイフをもぎ取ってやると、そこへ娘が後ろから飛びついて来た。まったく運の悪い偶然だったんだ。刃《は》が真っ直ぐ娘の方を向いていた……」

　爽子はじっと聞いているのが辛くなってきた。しかし、結末をつけてしまわなければならない。

「それで……どうしたんですか？」

「男のほうは泡を食って逃げ出した。わしも呆然として突っ立っていた。すると娘が大声で叫び出したんだ。近所中が飛び出して来るんじゃないかと思えるような、凄まじい声だった。『やめろ!』とわしは叫んだ。そして——刺した。後で裸にして何度も刺したのは、こうしておけば、常習的な変質者の犯行と見られるだろうと思ったからだ……」

一番辛いことを語り終えた、というように轟は深々と息をした。

「それを中路は知っていたんですか?」

「怪しんではいた。というのも、その少し前に、わしはすぐ近くで中路と会っていたんだ。——金を渡すんでな。中路はわしがやったんじゃないかと匂わせていたが、こっちは知らん顔をしていた。何の証拠もないわけで、そのうち犯人らしい男が死んで、片が付いた。——わしはほっとした。もうこれで済んだ、と……」

轟は首を振った。「とんでもないことだった。日がたつにつれ、恐ろしい重荷が肩にのしかかって来たんだ。パトカーのサイレンが耳に入ればわしを逮捕しに来たかと思い、警官の姿が見えれば逃げ出したくなるのを必死にこらえねばならなかった。血だらけで死んでいた娘の姿が目の前をちらつかない日はなかった……」

轟は額の汗を拭った。

「そんな時、あの宮本という男が現われた。あんたのお父さんから、宮本があの事件を担当した刑事だと聞かされた時の、わしの動転したこと……。目の前が真っ暗になった。逮捕されるという恐怖で真っ青になったんだ」

「あの人はもう警察を辞めてたんですよ」

「それもわしのことを調べるための手だと思ったんだ。あんたのお父さんから、あんたらがどこで食事をするか聞いていたんで、待ち受けて後をつけ、電車のホームで線路に突き落としたが、失敗した……。次の日にもアパートの近くで待って、車でひこうとしたが、だめだった」

爽子は軽く目を閉じた。宮本の思い出が、胸を激しくしめつけたのだ。

「あの男を殺した日――」

と言いかけた時、社長室のドアが開いて、女子事務員が、紅茶の盆を手に入って来た。

「遅くなりまして」

と紅茶を置いて、テーブルの上の轟の似顔絵に気付いて、「あら、社長さんですね。よく描けてますわね」

愉快そうなその声音が、あまりに場違いで、物哀しかった。

女子事務員が出て行くと、轟は紅茶を、砂糖を入れずにぐっと飲んだ。

「――あの日、わしは淳子と待ち合わせて、倉庫の所から車で出かけたが、すぐに淳子が降りると言い出した。淳子と八代の仲は承知していたから、どうせ彼に会うのだろうと思った。その時、ふっといい機会があるかもしれないと思った。わしらはすでに車で走り去る所を見られている。戻る所を見られないようにすれば、疑われることはあるまい。車をコンテナの陰に停めて、わしは倉庫へ戻った。――八代は淳子と話している。業務用のエレベーターが六階へ上がって止まる所だった。宮本かもしれない。もし六階に誰もいなければ……。そう思って、わしは階段を上がって行った。宮本はうまいことに、スプリンクラーの点検で、足場の悪い天井にいた。わしは靴を脱ぎ、作業用具置場の鉄パイプを手にして宮本に近付いた。──終わってしまえば、あっという間だった。

轟はしばらく黙り込んだ。その瞬間のことが脳裏をかけめぐっているようだった。

「これで安心だと思った。しかし、もう一つの悩みの種ができていたんだ」

「淳子さんに中路が目を付けたことですね」

「そうだ。わしもこれには腹が立った。金なら出すから、娘には手を出すなと中路に言ってやった。ところが奴は笑って、わしが女学生を殺したという証拠を握っていると言い出したんだ」

「証拠を?」

「そうだ。わしは奴のはったりだと思った。だが、奴は言った。わしがあの女学生を待っている時に、道の向かいで似顔絵を描いていた女が、わしを描いていた。それを手に入れたのだ、と……。それを警察へ知らせれば、たちまち逮捕される、と言うんだ」

「その絵というのを見たんですか?」

「いや、見せろと言ったが応じない──しかし、確かに似顔絵描きの女はいたし、それを中路が知っていたのだから、その話も嘘とは言い切れない。結局、わしは引きさがらざるを得なかった」

それははったりだったのだ、と爽子は思った。中路は、昭子が轟を見ていたかもしれないとは思ったろうが、確実に知ってはいなかったはずだ。昭子本人も分らなかった——いや、それどころか、中路が似顔絵の男かもしれないと思っていたぐらいだから。

昭子がたまたま軽井沢のホテルで出会った友人に預けた手紙が、彼女の死が報道された後で警察へ届けられたが、そこにもやはり中路を調べてくれるように、とあった……。

「淳子が中路の思うままになって行くのを、わしは歯ぎしりしながら見ていた。そんな時、あんたに会った。そしてあの沼原昭子という女を見かけたわけだ。あんたから、あの女が例の似顔絵の女と知って、女のマンションを見張ってみた。——中路がいつも女を置いておくマンションだ。わしも場所は知っていた。女は車でどこやらへ出かけて行った。わしは女の部屋へ非常階段からテラスを伝って入り込み、中を捜したが、それらしい絵は見付からない。ともかく、その時には、わしは中路の奴を殺してやろうと決心していた。一人殺すと、後は本当に簡単にそう思うものだよ」

轟の話は、しだいに、自分自身へ語りかけているような口調に変わっていた。

「わしはそこから倉庫へ回った。八代が当直しているのを知っていたからだ。あんたからの電話を八代の目の前で受け、八代が憤激するように仕向けた。そうすれば、必ず八代は、例の山荘へ行くだろう。巧くいけば中路を殺させることもできるかもしれないと思ったからだ」

　轟はふと苦笑いした。

「わしも、その時はひとかどの悪党になっていたんだな。自分の手で殺して、八代に罪を着せることまで考えていたんだから。……ともかく、倉庫から家へ戻りかけて、ふとその山荘に例の絵があるのかもしれないと思った。中路を殺しても、その絵と沼原昭子という女が残っていては、わしは安全とはいえない。迷ったが、決心して家へ電話をして、急の出張だと言った。こんなことは年中だからな。それから軽井沢の別荘の管理事務所で中路の山荘の住所を聞いた。軽井沢に山荘があるのは知っていたし、中路という名は珍しいからな。そして夜道を軽井沢へ車で飛ばしたんだ」

「向こうに昭子さんがいるとは……」

「まったく知らなかった。山荘を探し当ててみると、あの女の車があるので、初めて知ったわけだ。――外から見ていると、屋根裏部屋らしい窓に光が見えて、人影がチラチラ動いていた。夜中まで待ち、寝静まったと見て、広間の窓を少し割って開け、中へ入った。屋根裏部屋に何かあるのかもしれない。そう思って、まず行ってみた。――開けた段ボールに絵が詰まっている。例の絵もそこにあるのかもしれないと思って夢中で捜し始めたんだが、その間に、女が起き出していたことに気付かなかったんだ。車のエンジンをかける音でやっと気付いた。念のため細工しておいたので車は動かない。わしは台所から持って来ていた包丁を手にして屋根裏部屋から出て階下へ降りて行った。玄関から出ると、女が急いで逃げて行く。――警察へ知らされたら、中路を殺すこともできなくなる、と思ったし、それに女もわしの顔を知っている。どうせやらなきゃならん……。追って行って、包丁で刺し殺した」

爽子はまるで自分が刺し殺されるような思いを味わった。――轟は続けた。

「死体を山荘へかついで戻ると、車のトランクへ入れ、二階の部屋の浴室で血で汚れた手を洗い落とそうとした。腕にも大分血がついてしまっていた。そんなこんなで手間取っていると、明け方近くになってしまった。そして死体を急いで埋めようと外へ出た時、目の前に淳子が立っていたのだ」

轟は苦しげに顔を歪めた。

「わしは総てを淳子に話した。言い逃れることはできなかったのだ。――淳子。可哀《かわい》そうな奴だ！」轟は声を詰まらせた。

「大体分りましたわ。その後のことは淳子さんの考えなんでしょう？」

「わしのためにやったんだ！　全責任はわしにある！」

「ともかく中路を殺すだけでなく、他の殺人――女学生殺し、宮本さん、昭子さんを殺したのも中路だということにしなくてはならなかった。そしてそのためには、中路が似顔絵の男だったと思わせればいい……」

「淳子はそう考えたんだ」

「それで、中路の似顔絵を描き、絵のつづりに挟んでおいたんですね」

「そうだ」

「それから中路が来るのを待ち受けて殺そうと……」

「八代が来た時に、淳子の奴がいては困る。沼原昭子の死体を隠した車は、置いたままになっているんだからね。——そこでいったん淳子とわしは山荘を出た。わしは車で林の奥へ隠れ、淳子はずっと時間がたってから、遅れたことにして山荘へ行くようにした。まさか、あんたまでが山荘へ来ていようとは思わなかった」

「中路はあなたが引き受けたんですね？」

「大体来るのは夜と分っていた。淳子の奴が聞いていたんでね。山荘への道の途中で待ち伏せることにした」

「そして淳子は山荘の中を引き受けた——よくやりましたわ、淳子は」

「まったくだ」

轟は哀しげに肯いた。

「電話を不通にしたり、電気を切ったのは、轟さんですね？」

「そうだ。窓から中の様子を見ておったのだ。八代が戸締まりを見に広間から出て行った。そこで電気を切り、窓ガラスを割ってやった」

「なぜ窓を？」

「あの窓から最初忍び込んだので、もともと少し割れていたんだ。八代にそれを見付けられたらまずい。それで暗くしておいて思い切り叩き割ったわけだ」

「それから淳子さんのフォルクスワーゲンのガソリンを抜いて使えないように……」

「みんなが諦めて、あの山荘にいてくれないと困るのでね」

「それから、八代さんを殺したのは……」

「あの時、わしは中の様子を淳子から窓の所で聞いていたのだ。ところがそこへ八代が戻って来た。わしはてっきり感づかれたと思って逃げ出したのだ。——八代があんなにしつこく追って来るとは思わなかった」

轟は首を振ってため息をついた。

「八代さんを殺す気はなかったんですね」

「もちろんだ！」

と轟は力を込めて言った。「わしはあいつが気に入っていたし、淳子が真剣に八代を愛しているのも聞いていた。——追いつかれて組みついて来たので、夢中で包丁を振り回したのだ。刺し殺す気はなかった！　ただけがをさせて、ひるんだ隙《すき》に逃げるつもりだったのだ。いや、実際、そんなひどい傷を負わせたとは思っていなかった。まさか死ぬとは……」

「淳子さんは辛かったでしょう。愛していた人を、父親に殺されたと分っていたんですものね」

「まったくだ……。わしのほうは八代が軽いけがだと思っていたので、計画通り、中路の車を待った。それほど待つこともなく、奴の車がやって来た。わしは奴の車の前に立って停め、出て来た所を殴って気を失わせ、手足を縛って車で山荘の近くの林へ隠した。ところが、それを終えて山荘へ戻りかけると、淳子が走ってきて、あんたが警察へ行くと言い出したという。山荘へ着くと、あんたはもう、出てしまったあとだった。わしは焦って追いかけた。そしてやっと追いついたが……知っての通りだ」

「それで山荘へ戻り、中路を自殺に見せかけて殺し、淳子さんを縛っておいたんですね」

轟は肯いた。

「あんたがその狂言を信じてくれるかどうか、そこへわしは賭《か》けたわけだよ。——賭けは成功した！　中路は死に、わしの罪も、奴が全部しょい込んで行ってくれた。あんたもそれ以上は疑がっていないように見えたし……。安心の日々が戻って来た」

「今度は苦しまなかったんですか？」

轟はふっと目を伏せた。やや迷っている様子だったが、

「そうだね」

と肯いて言った。「今度はもう何の幻影にも悩まされない。これが、殺人者というもの

になってしまった証拠なのかもしれない。恐ろしいことだよ、まったく。しかし、淳子が……」

「淳子さんが？」

「あれは今、以前の私のように、悪夢にうなされているようだ」

「ずいぶんやつれていました」

「そうだろう――どうしてやることも、わしにはできん」

爽子は、

「できます」

と身を乗り出した。「自首するんです！　そして罪を償ってください」

「それは……」

と轟はためらった。「……淳子に関係ないと認めてくれたら、考えてもいい」

爽子はゆっくり首を振った。

「それはできません。淳子さんも、父親だけに責任を取らせてはいけませんよ」

轟はじっと爽子を見つめた。

「これからどうするつもりだね？」

「警察へ行きます。もしあなたが自分で行かれるのなら、私は行かずにおきます」

轟はしばらく黙っていた。

「わしが逮捕されたら、社員たちはどうなる？　その家族は？」

爽子は答えなかった。

「あんたは淳子の親友だと思っていたよ。親友を売るつもりかね？」

爽子は頑《かたく》なに口を閉じていた。

「わし一人が死刑にでもなって済むことなら、一向に構わん。しかし、淳子にまで苦しみを味わわせたくない。それに、社長としての責任がある。——どうかね？　思いとどまってくれんか？」

「できません」

轟はやおら立ち上がると、テーブルに置いてあった自分の似顔絵を引き裂いた。そして、両手をのばして、爽子の首を捉えた。力を加える前に、爽子の目を見た。爽子は、恐怖の色を浮かべずに、轟を見返していた。

轟はそろそろと手を爽子の首から離して、二、三歩後ずさった。そしてソファへぐったりと座り込んだ。

「……わしの負けだよ」

弱々しく呟く。「あんたの言う通りにしよう。しかし、身辺の整理をしたい。少し待ってくれ」

「分りました」

爽子は立ち上がって、引き裂かれた似顔絵を集めて、バッグへ入れ、社長室を出た。

ビルを出た所で、バッグから似顔絵の細片を取り出すと、手近なくず入れへ捨てた。たまたま爽子の持っている写真に一緒に写っていた轟を、知っている絵の先生に頼んで描いてもらったものなのだ。

冷凍食品を包んでいた本物は、一晩電気が切れたために冷凍食品が濡《ぬ》れて、似顔絵はさっぱり誰の顔か分らなくなっていた。

しかし、それは中路の絵であるはずはなかった。それならば、宮本を殺し、中路にもその罪を着せて殺すことのできた者は……轟以外には考えられなかった。

爽子にも、何ら証拠はなかったのである。

3

「もしもし」

「もしもし爽子？」

「あ……ええ、私よ」

「淳子よ」

「昼間はごめんなさい、面倒を――」

「いいのよ。あれでよかったのよ。私、分ってたのよ」

「あなたが似顔絵を描いてくれって言って来た時にね、見当が付いてたの」

「え？」

「淳子……」

「父は単純だから。あなたには何も証拠らしい証拠なんかなかったんだもの。何も知らない、で通せばよかったのよね。でも、いいのよ、これで」

「私だって——あんなこと、喜んでやったんじゃないのよ」

「分ってるわ。苦しめてごめんなさい」

「そんなことはいいけれど……」

「私はね、八代さんを死なせてしまってからずっと、いつかは真相をはっきりさせようと思っていたの。むしろあなたのおかげで踏ん切りがついたわ」

「淳子。あなたはまだこれからなのよ」

「八代さんが死んで、私ももう死んだのと同じよ」

「何を言ってるの！」

「あなたにはずいぶん世話になったわ。いいお友だちだったし……。本当にありがとう」

「淳子。何をする気なの？」

「私も父もフォルクスワーゲンが好きでしょう。一緒にドライブしようと思って」

「ドライブ？」

「そう。ほら、いつか一緒に伊豆の方へ車で行った時に、崖があったでしょう。ここから落ちたら死ぬかしらって話し合った」

「ええ、憶《おぼ》えてるわ」

「今、あそこへ行く途中なの」

「どうするつもり？」

「フォルクスワーゲンって、水に落ちても、しばらく浮いてるそうなのよ。父と二人で、どれくらい浮いてるものか、実験しようと思ってるの」

「待って、淳子！」

「色々ありがとう。お幸せにね」

「切らないで！　淳子！　淳――」

爽子はめったに車を運転しない。あまり好きではないのである。

しかし、この夜ばかりは、父の車を借りて、猛スピードで飛ばした。途中で事故を起こさなかったのが、われながら不思議だった。

止まっているフォルクスワーゲンを見つけたのは、もう夜中で、車を停めて、降りてみたものの、暗い夜に、波のざわめきが立ち昇って来るばかりだった。

爽子は、フォルクスワーゲンの方へと歩いて行った。そこはカーブが大きくふくらんで、少し広くなっている。

懐中電灯を照らしてみると、ガードレールが数メートルにわたって、切れていた。ここから飛び降りたのに違いない。

「淳子……」

淵から覗き込んでも、何も見えない。ただ波の音が一段と高くなるだけだった。

二十メートルほど先の路肩に停まっていたセドリックが静かに動き出した。

「分るだろう、淳子」

轟は、助手席の娘に言った。「二度目からは、ずっと気が楽になるんだよ」

轟は少しずつアクセルを踏み込んで行った。

エピローグ

「するとと、爽子さんは、ここへ来たんですね？」

と大沢刑事が訊《き》いた。

「ええ、ちょうどあの日でしたね。事件のことで腑に落ちないことがあるとか言って」

轟は、社長室のソファにゆったりと腰をおろしていた。

「それで、その話というのを、お聞きになりましたか？」

「いや、それがちょうど来客がありましてね。ちょっと待っていてくれるように彼女へ言ったのですが、帰ってしまったのです」

「そうですか……」

「可哀そうなことでした。あの辺は事故の多い所だ。――それにあそこだけガードレールをしてなかったようなんですな。車を停めて、一服しようとぶらぶら歩いて……落ちてしまったんでしょう」

大沢はため息をついた。

「まったく……信じられません」

「あの子もちょっと沈んでいましてね、このところ」

「とおっしゃると？　何かあったんですか？」

「いや、例の事件の時、宮本という男が殺されたんですが……」

「ええ知っています。元刑事の――」

「そうです。彼女はその宮本の愛人だったのですよ」

大沢の表情が急にこわばった。

「そ、そうだったんですか……。では、あまりお邪魔しても……失礼します」

「どうもご苦労様です」

大沢は轟に送られて、轟倉庫のフロアからエレベーターで一階へ降りた。

あの爽子が……五十男の愛人だった。大沢は気が重かった。わざわざこうして東京へ出て来たのに。何の役にも立たなかった。

事件の真相を探るのだと張り切っていた爽子が死んだと知って、何かあるのではないかと、やって来たのだが、むだ骨だったようだ。

――轟はゆっくりタバコの煙を吐き出した。一瞬ひやりとしたが、何とか追い返した。大沢はどうやら爽子に惚《ほ》れていたらしいと察して、爽子と宮本の仲を吹き込んだのが効いたようだ。

これで安心だろう。――タバコがやけに旨い。

大沢はビルを出ようとして、

「あら！　刑事さん」

とすれ違った女性に声をかけられた。「私、轟淳子です」

「ああ、こりゃどうも……」

「父の所へ？」

「ええ。もう済んだんです」

「じゃすぐお帰り？」

「ええ……まあ」

「どこかでお茶でもいかがですか？」

大沢はちょっとためらったが、淳子は快活で、魅力的であった。

「ええ、もちろん結構ですよ」

「じゃ、行きましょう。コーヒーのおいしい店があるんですよ」

淳子は大沢の腕を取って、勢いよく歩き出した。

解説

山前　譲

日常生活において不安を好む人は、おそらくいないだろう。しかし、人間はその心理状態からまったく逃れることはできない。家族や学校、会社や地域社会といった人間関係のそこかしこに不安は潜んでいる。ストーカーのような一方的な感情による恐怖は珍しいことではなくなった。経済的な不安も深刻だろう。住まいを失い、食事にも事欠くような日常もまた珍しくなくなっているのだ。事件や事故など、我々の周囲には不安をもたらすファクターがいたるところにある。

また、天変地異がもたらす不安は人類が誕生して以来のものだ。科学が発達した今もってそれを払拭《ふっしょく》することはできない。地震や火山の噴火がいつ起こるのか、まだ確実な予測はできないのである。かえって不安があおられていく日常かもしれない。人類の歴史は新たな不安を喚起しつづけてきたとも言える。そして、ウイルスのような摑みどころのないような不安が迫ってくると……。

その一方で、不安を楽しむことができるのも人間である。ジェットコースターのように、不安をあおるようなアトラクションは、アミューズメント施設に不可欠だ。そして小説や映画では、不安がもたらすサスペンスは重要なファクターとなっている。たとえば恋愛がテーマであれば、恋の行方の不安が読者の興味を駆り立て、その結末を知りたい思いが募っていく。フィクションとは分かっていても、不安に共感を抱いてストーリーに引き込まれていく。そして、もっともその不安をテーマとしているのが、ミステリーやホラーといったジャンルだ。

ホラーは非日常的なサスペンスだが、ミステリーは日常でのサスペンスである。爆弾の爆発が迫ってくるタイムリミット物、許しがたい犯罪に謎を仕掛けた誘拐物、追いつ追われつの逃走物、自分のアイデンティティが問われる記憶喪失物、直接的に恐怖と直面するパニック物など、ミステリーのサスペンスではさまざまなパターンが工夫されてきた。

赤川次郎氏の『招かれた女』は一九八〇年三月に祥伝社より刊行された最初期の長編だが、タイプの違う趣向が絡み合ったサスペンスだ。

ふたりの刑事、ベテランの宮本と若手の谷内が、中学生の女の子が無残にも殺された事件の容疑者を追っていた。連れ込み宿にしけこんでいるその男の部屋に踏み込もうとしたとき、宮本は膝《ひざ》に刺《さ》すような痛みを感じた。やむなく谷内がひとりで行くが、そこに銃声が！　容疑者は拳銃を所持していたのだ。撃たれた谷内は帰らぬ人となり、逃げた容疑者はトラックに轢《ひ》かれて命を落とす。

容疑者の死をもって事件が終焉してから数か月後。警察を辞めた宮本と谷内の婚約者だった布川爽子《ぬのかわさわこ》が偶然出会う。そこに容疑者を特定する根拠となった似顔絵書きの沼原昭子《ぬまはらあきこ》が絡んで、過去の事件に新たな光が当てられていく……。

赤川作品というとユーモアの視点から語られることが多いけれど、六百冊を超えるオリジナル著書のなかでは多彩なサスペンスが紡がれてきた。

刊行順では二番目だが、一九七六年に「幽霊列車」でオール讀物推理小説新人賞を受賞して最初に書かれた長編の『マリオネットの罠』もサスペンスに満ちた展開だ。森の館に幽閉されている美少女と大都会での連続殺人事件がどう絡んでいくのか？　テンポのいい場面転換が不安を高め、意外な結末に収束していく。

財界の陰の実力者がわけありの男たちを自宅に招いて「私を殺してくれ」と依頼する『死者は空中を歩く』、新婚旅行の途中で猛吹雪にあって駆け込んだロッジで不可解なことが起こる『死体置場で夕食を』、小説を共同執筆している四人が妻を殺す方法のアイデアをひねり出している『悪妻に捧げるレクイエム』、殺された大富豪の関係者に不安が迫る『裁きの終った日』、毒薬の入った小瓶が次々と殺意を喚起していく『ポイズン　毒　POISON』と、つづいて書かれたサスペンス長編はじつにバラエティに富んでいた。

さらに、裏口にあった男の死体がサラリーマン一家の日常を崩す『裏口は開いていますか?』、大財閥の当主の誕生日に憎悪と欲望が入り交じる『いつか誰かが殺される』、医師を引退して山荘に独りですむ老人の平穏な日常がしだいに崩れていく『黒い森の記憶』、近未来の右傾化した日本社会を舞台にした『プロメテウスの乙女』、タイムリミット物の醍醐味を堪能できる『顔のない十字架』、急死した財閥の当主の手紙が不安を招く『晴れ、ときどき殺人』、爆弾の仕掛けられたぬいぐるみが転々とする『おやすみ、テディ・ベア』、伝統ある女子高で数奇な事件が起こる『沈める鐘の殺人』、そして大地震後のパニックを描いた『夜』など、ユニークな設定と展開の妙で読者を虜にするサスペンスが次々と書かれていく。

一方で、永井夕子(幽霊シリーズ)、三毛猫ホームズ、今野夫妻、吸血鬼の娘のエリカ、大貫警部、マザコン刑事、三姉妹探偵団、女子大生の塚川亜由美(花嫁シリーズ)と、多彩なシリーズ・キャラクターも次々と誕生しているのだから、その旺盛な創作姿勢には驚かされるばかりである。

そしてこの『招かれた女』だが、二重構造のサスペンスでストーリーが展開していく。刑事だった婚約者が捜査中に亡くなった爽子は、宮本元刑事と再会したことから、彼が捜査していた事件に疑問を抱いた。それは宮本も同じだった。事件の鍵を握る似顔絵描き、今は画商の中路《なかみち》の愛人となっている沼原昭子を中心に、絵画の世界の確執もサスペンスの重要なファクターだ。爽子の友人である画家の轟《とどろき》淳子《じゅんこ》を巻き込んでの謎解きに、新たな死が招かれる。それが読者を戸惑わせる……。

過去の事件からつながる人間関係がクロスしてストーリーが展開されていく『招かれた女』だが、サスペンスとしての魅力はそれだけではない。後半には密閉空間ならではのスリリングな不安が待っている。一連の事件を操っているのはいったい誰なのか。そして意外でショッキングなラスト――。

赤川氏は『ぼくのミステリ作法』の「最初の一行、終りのひと言」の章で、〝映画の話になりますが、ロマン・ポランスキーの「チャイナ・タウン」では、悪の塊みたいな黒幕は生き残り、その娘――悲運のヒロインは警官に射殺される。これに対して、主人公の探偵は手も足も出せずに終ってしまいます〟と述べたあと、こう続けている。

この結末への批判に対してポランスキーは、「悪は滅びる、という結末なら、見終った客は、ああよかった、と思ってそれきり忘れてしまう。私は客に、映画が終った後も、あれでよかったのか、考えさせたいのだ」

といったような返答をしていたようです。

この『招かれた女』もまさに、「あれでよかったのか」と読者に不安を抱かせる作品だ。こんな収束にもしかしたら納得できない読者がいるかもしれない。不安の先に希望を求める人にとっては、ある意味、残酷なラストかもしれない。だがこれも赤川作品のテイストを特徴づけるものなのだ。

やはり「最初の一行、終りのひと言」で『マリオネットの罠』について、〝これはまずファーストシーンだけが頭にあってそこからふくらませて行ったストーリーなのです〟とあるが、『招かれた女』はラストシーンのために書かれたサスペンスとは言えないだろうか。

ただ、不安はそこで終わるのではない。『招かれた女』から十五年の時が過ぎた物語、続編となる『裁かれた女』が書かれている。はたしてその結末は？　ストーリーテラーとしての赤川次郎氏の魅力を、この二冊を合わせて読むことであらためて実感するに違いない。

（やままえ・ゆずる　推理小説研究家）

『招かれた女』一九八四年九月（角川文庫）

中公文庫

招《まね》かれた女《おんな》

2021年3月25日　初版発行

著　者　赤《あか》川《がわ》 次《じ》郎《ろう》

発行者　松田 陽三

発行所　中央公論新社
〒100-8152　東京都千代田区大手町1-7-1
電話　販売 03-5299-1730　編集 03-5299-1890
URL http://www.chuko.co.jp/

DTP　ハンズ・ミケ
印　刷　三晃印刷
製　本　小泉製本

Published by CHUOKORON-SHINSHA, INC.
Printed in Japan　ISBN978-4-12-207039-4 C1193

中公文庫既刊より

各書目の下段の数字はISBNコードです。978-4-12が省略してあります。

あ-10-9
終電へ三〇歩　赤川次郎
リストラされた係長、夫の暴力に悩む主婦、駆け落ちした高校生カップル……。駅前ですれ違った他人同士の思惑が絡んで転がって、事件が起きる！
205913-9

あ-10-10
静かなる良人　新装版　赤川次郎
浮気をして家へ帰ると夫は血まみれで倒れていた。犯人探しにのりだした妻の千草は、生前気づかなかった夫の思いがけない一面を知る……。〈解説〉山前　譲
206807-0

あ-10-11
迷子の眠り姫　新装版　赤川次郎
クラス対抗リレーの練習に出かけた昼下がり、誰かに川に突き落とされた高校生の笹倉里加。病院で目を覚ました彼女に不思議な力が！〈解説〉山前　譲
206846-9

あ-10-12
いつもの寄り道　赤川次郎
出張に行ったはずの夫が、温泉旅館で若い女性とともに焼死体で見つかった。夫の手帳を手に入れ、事件の謎に近づく加奈子に危険が迫る！〈解説〉山前　譲
206890-2

あ-10-13
夜に迷って　赤川次郎
将来有望な夫と可愛い娘のいる沢柳智春。義父の隠し子や弟のトラブル解決に尽力するが、たった一度の過ちが噂になり追いつめられていく。〈解説〉山前　譲
206915-2

あ-10-14
夜の終りに　赤川次郎
三年前の殺人事件で記憶を失った母。別居中の父。殺人犯の夫が殺された矢先、娘の有貴が通り魔に襲われた。一家を陥れようとするのは……？〈解説〉山前　譲
206931-2

い-35-25
四捨五入殺人事件　井上ひさし
大雨で孤立状態となった山間の温泉宿。そこに足止めされた二人の作家の前で、密室殺人が起こる。演劇的仕掛けに富んだミステリーの逸品。〈解説〉松田哲夫
206905-3

い-74-7
そして誰もいなくなる
今邑彩
名門女子校演劇部によるクリスティー劇の上演中、連続殺人は幕を開けた。台本通りの順序と手段で殺される部員たち。真犯人はどこに？　戦慄の本格ミステリー。
205261-1

い-74-10
i《アイ》　鏡に消えた殺人者　警視庁捜査一課・貴島柊志
今邑彩
新人作家の殺害現場には、鏡に向かって消える足跡の血痕が。遺された原稿には、「鏡」にまつわる作家自身の恐怖が自伝的小説として書かれていた。傑作本格ミステリー。
205408-0

い-74-15
盗まれて
今邑彩
あるはずもない桜に興奮する、死の直前の兄の電話。十五年前のクラスメイトからの過去を弾劾する手紙――ミステリーはいつも手紙や電話で幕を開ける。
205575-9

き-40-1
化学探偵Mr.キュリー
喜多喜久
周期表の暗号、ホメオパシー、クロロホルム――大学で起こる謎を不遇の天才化学者が解き明かす!!　至極の化学ミステリが書き下ろしで登場！
205819-4

き-40-2
化学探偵Mr.キュリー2
喜多喜久
過酸化水素水、青酸カリウム、テルミット反応――今日もMr.キュリーこと沖野春彦准教授を頼る事件が盛りだくさん。大人気シリーズ第二弾が書き下ろしで登場！
205990-0

く-19-11
恋と掃除と謎解きと　ハウスワーク代行・亜美の日記
鯨統一郎
家事代行業のアルバイトも板に付いてきた大学生の樋口亜美。意外にも鋭い推理力で、今日も派遣先の事件を解決する！　ハートウォーミングミステリ第二弾。
206724-0

こ-59-1
痛みかたみ妬み　小泉喜美子傑作短篇集
小泉喜美子
息詰まる駆け引き、鮮やかなどんでん返し。人生の裏も表も知る大人のためのミステリーがここに。入手困難・幻の短篇集の増補新編集版。〈解説〉日下三蔵
206373-0

こ-59-2
殺さずにはいられない　小泉喜美子傑作短篇集
小泉喜美子
大人のための贅沢な愉しみがここに。ミステリ、ホラー、ショートショート――バラエティ豊かな短篇集第二弾。〈巻末エッセイ〉山崎まどか〈解説〉日下三蔵
206442-3

各書目の下段の数字はISBNコードです。978－4－12が省略してあります。

な-26-4
77便に何が起きたか
夏樹静子トラベルミステリー傑作集
夏樹静子
旅客機が爆破され、乗客51名全員が死亡。うち4人と乗らなかった1人には奇妙な共通点があった……。新幹線やフェリーなど旅路の犯罪を描くミステリー傑作集。
206537-6

に-18-1
聯《れん》愁《しゅう》殺《さつ》
西澤保彦
なぜ私は狙われたのか？ 連続無差別殺人事件の唯一の生存者、梢絵は真相の究明を推理集団〈恋謎会〉にゆだねるが……。ロジックの名手が贈る、衝撃の本格ミステリー。
205363-2

ひ-21-5
ピース
樋口有介
連続バラバラ殺人事件に翻弄される警察。犯行現場に「平和」は戻るのか。いくつかの「断片」から浮かび上がる犯人。事件は「ピース」から始まった⁉
205120-1

ひ-21-11
猿の悲しみ
樋口有介
弁護士事務所で働く風町サエは、殺人罪で服役経験を持つシングルマザー。ある日、出版コーディネーターが殺された事件についての調査を命じられる。
206141-5

ひ-21-14
亀と観覧車
樋口有介
人と関わらず生きることを夢見る16歳の涼子は、小説家だという初老の男と出会う――。青春ミステリの奇才が贈る一筋縄ではいかない一気読み「純愛」物語！
206629-8

ほ-17-10
主よ、永遠の休息を
誉田哲也
この慟哭が聞こえますか？ 心をえぐられた少女と若き事件記者の出会いが、やがておぞましい過去を掘り起こす……驚愕のミステリー。〈解説〉中江有里
206233-7

ほ-17-6
月光
誉田哲也
同級生の運転するバイクに轢かれ、姉が死んだ。殺人を疑う妹の結花は同じ高校に入学し調査を始めるが、やがて残酷な真実に直面する。衝撃のR18ミステリー。
205778-4

わ-16-1
プレゼント
若竹七海
トラブルメイカーのフリーターと、ピンクの子供用自転車で現場に駆けつける警部補――。間抜けで罪のない隣人たちが起こす事件はいつも危険すぎる！
203306-1